無愛想な媚薬

西條六花

illustration:
依田沙江美

prism bunko

CONTENTS

無愛想な媚薬

＊1

抜けるような青い空と強い日差しは、周辺の何もかもの色を、くっきりと鮮明に浮かび上がらせていた。緑、アスファルト、赤い屋根、モルタルの壁の白――蝉の鳴き声が驚くほど大きいのは、近くに防風林があるせいだろうか。

既に夏を思わせるじりじりとした暑さの中、樋口節《ひぐちせつ》は築何十年かわからない古い「社宅」をぼんやりと見上げた。

(ああ……俺、やっぱり選択を間違ったかも……)

「荷物、どんどん入れていきますねー。置く場所、決まってるものあります？」

ふいに背後からそう声をかけられ、節は我に返る。トラックの荷台を開けた二人の引っ越し業者が、運んできた荷物を降ろす準備をしていた。

「あ、場所が決まってるのは、洗濯機と冷蔵庫くらいかな。あとは適当でいいです」

玄関の鍵を開けると、ムッとした埃臭さが鼻に突いた。中は畳敷きの八畳間が二部屋、それに板間のキッチンと小さなバスルーム、トイレがあるだけの、こぢんまりとした造りだった。平屋の一戸建てだが、そもそもはすぐそばにある母屋の離れとして造られた家らしい。

（うわ、足が沈む）

古い畳は踏むとグニャリとして、妙に軟らかい。硬くしっかりした畳しか知らない節は、その古さが何だかショックだった。台所のシンクはひどく小さく、ステンレスは水垢で白く曇っている。備えつけの給湯器はかなり旧式のもので、都会育ちの節には見たことがないタイプだった。

（ここ……一体どれくらい人が住んでないんだろ）

軟らかい畳やくすんだ壁といい、だいぶ年季が入った建物のようだ。

引っ越し屋が養生シートを玄関や床に敷き詰め、二人がかりで大きな家具を運び込む。といっても、大きなものは洗濯機や冷蔵庫、テレビと本棚などで、他はダンボール箱や細々したものばかりだ。ベッドやソファは引っ越しの邪魔になるため、友人に格安で譲ってきた。

ほどなくすべての荷物を搬入し終え、業者が挨拶して帰っていく。雑然とした室内を眺め、節はため息をついた。

——政令指定都市から車で二時間ちょっとのこの町は、郷土富士から湧き出る名水が有名で、近くには誰でも自由に水を汲める「ふきだし公園」がある。しかし他にはこれといって特筆すべき点はない、ひどくのどかな田舎町だった。

カーテンがない室内には強い日が差し込んで、熱気がこもっている。家中の窓を開けて回った節は、外の景色をぼんやりと眺めた。ぬるい熱を孕んだ風が、室内に吹き込む。見渡すかぎりの緑、そしてこんもりとした防風林がところどころにある光景は、都会にはないものだった。

「すげー……」

家の正面はじゃがいも畑、裏手は一面の牧草地で、風が吹くたび波のようにさざめいた。国道の脇に広がる広大な農地の中、ここと百メートルほど先の母屋だけがぽつりとある。母屋はかなり大きく、昔ながらの農家という佇まいで、ひょっとしたらこの畑の所有者なのかもしれない。建物のそばには車が一台停まっていて、明らかに誰かが住んでおり、節は後ほど引っ越しの挨拶に行かなければと考えた。

蝉の声は、相変わらずうるさいほどに響き渡っている。他に何の音もせず、ときおり視界の隅を、国道を走る車がよぎっていった。

（俺、ここでやっていけるのかなあ……）

今までとはあまりにも違う環境に、節の心は引っ越し一日目にして、早くもくじけそうになっていた。都会生まれの都会育ちのため、こんな本格的な「田舎」の中で、自分という存在がひどく浮いている気がする。一番近いスーパーは車で十分ほど走ったところにあり、コンビニもそのすぐそばにあった。会社はそこからさらに七、八分ほど走った先にあって、節は明日の月曜から、新しい職場に出社することになっている。

新しい人間関係ににわかに不安がこみ上げ、重いため息をついた。当たらず障らず、誰とも軋轢《あつれき》を生まないよう、静かにやっていけたらいい。そう考えていると、ふいに視線の先にある母屋から、人が出てくるのが見えた。

「……あ」

——母屋から出てきたのは、黒いTシャツにデニム姿の男だった。煙草を咥え、疲れを感じたように首と肩を回している男は、二十代後半くらいの年齢に見える。視線を感じたのか、男はふとこっちを見た。節は慌てて頭を下げたものの、男はじっと見つめ返し、家に入ってしまう。すぐにぴしゃりと引き戸が閉められた。

(えっ？　反応なし……？)

無視とも取れる男の態度に、節は驚く。こちらが頭を下げたのは確実に見えていたはずなのに、男は不機嫌そうな視線を向けただけで、挨拶を返したりはしなかった。

——ひょっとして、気難しい人物なのだろうか。言葉も交わさないうちから迷惑そうな視線を向けられ、節は理不尽な気持ちになる。つきあいにくい相手なら、なるべく関わり合いたくない。しかしこんなに近くに住んでいて、近隣には互いの家しかない環境の中、きちんと引っ越しの挨拶をしないのはさすがにまずいだろう。

（あー、何か気が重いなあ……）

ただでさえ慣れない環境で心細いのに、ご近所に住んでいるのが気難しそうな人物では、先が思いやられる。

（どうせ飲み物とか、買い出しに行かなきゃいけないし……一緒に挨拶用のお菓子でも買ってこよう）

その前に少し部屋の荷物を整理して、買い物のリストを作ったほうがいい。そう考え、節は「よし」と自分を鼓舞すると、ダンボール箱を空ける作業に取り掛かった。

＊＊＊

車で十分かけて最寄りの小さなスーパーに買い物に行き、菓子折りを買った。それ以外の細々した日用品も買い、ついでに周辺を少し車で流して大まかな地理を確認したあと、夕方近くになって帰宅した節は、緊張しつつ母屋のチャイムを鳴らした。

「すみません。すぐそこに越してきた、樋口と申しますが……」

家の中はしんと静まり返り、応えはない。暑かった昼間に比べると、幾分涼しい風が吹き始めた夕刻、周囲からは虫の声が聞こえていた。車はあるし、出掛けた様子はない。まさか無視されているのかと思い、節はモヤモヤした。

(何だよ……居留守使うなんて、コミュ障なのか？　あの人)

節は苛立ち、もう一度チャイムを押す。玄関には表札も掛かっておらず、住んでいる人間の名前はわからなかった。「仕方ない、出直すか」と思い、ため息をつきながら自宅に戻ろうとする。そのとき突然、背後でガラリと引き戸が開いた。

「――誰」

出てきた男は濡れ髪で、首からタオルを掛けていた。がしがしと頭を拭きながら唸るように問いかけられ、節は慌てて向き直った。

「あの、俺……そこに越してきた、樋口といいます。引っ越しのご挨拶に来たんですが、お出にならなかったので」

「風呂に入ってた」

男からは仄《ほの》かに石鹸の香りがする。間近で見ると、彼はずいぶん背が高いのだとわかった。身長が一七三センチの節より、十センチほど高い。男の髪は漆黒で、伸びかけが目に掛かるのが鬱陶しいのか、眉間に皺を寄せて目を細める様子が、ひどく不機嫌な雰囲気を醸し出していた。どこから来たのかと少し面倒そうに問いかけられ、節は気後れしながら政令指定都市の名前を挙げる。男は鼻で笑って言った。

「都会にいた奴が、何でこんなクソ田舎になんか来たんだよ」

「それはあの……しゅ、出向で……」

（……クソ田舎って）

確かにそのとおりだと思いつつ、何となく棘のある言い方に節がどぎまぎしながら答えると、男が言った。

「ふーん、何かやらかしたのか？」

男の言葉に、節はギクリとする。内心動揺したが、精一杯何食わぬ顔を取り繕って答えた。

「田舎暮らしをしてみたかったので……来た話を受けたんです。あー、何ていうか俺、都会育ちだし、こういうのもいいかなって思って、それで」

「へーえ」

信じていないような顔で言われ、節はいたたまれず、ぐっと手元の紙袋の持ち手を握る。

今さらながらに、この家に挨拶に来たことを後悔していた。男の言葉も態度も横柄で、切り込むような鋭さがある。特にその視線は、何もかもを見透かす雰囲気があり、節を落ち着かない気分にさせた。

「——津守《つもり》だ」

「えっ？」

「俺の名前。お前、下の名前は」

「せ、節……です」

彼の会話のテンポは独特で、節を動揺させる。まるで思いがけない方向から飛んでくるボールにも似ていて、スマートに受け答えしたいのにままならず、節はじわりと焦りをおぼえた。

——目の前の男の半裸も気になっていた。肩幅があり、筋肉質の締まった身体は色気があって、見るまいと思うのに間近にあると、つい意識してしまう。

(駄目だ、俺……すぐ帰らないと)

「あの、これ——ご挨拶に持ってきたので、どうぞ。これからよろしくお願いします」

視線を泳がせ、ぎこちなく菓子折りの袋を差し出す節を、男はふと興味深そうな眼差しで見た。そのまま帰ろうとした節に、彼は「甘いものは食わない」とあっさり言った。

「置いていかれても困る。持って帰ってくれ」

「え……っと、じゃあ明日、蕎麦《そば》とか持ってきます。あ、もしタオルとか洗剤がいいなら」

甘いものはNGの場合もあるのだと、節はすっかり失念していた。慌てて代替の品を持ってくることを申し出たが、彼はそれを拒否した。

「んなもん、別にいらない。──なあお前、別にこのあと、用はないんだろ」

節が戸惑いながらうなずくと、男は思わぬ誘いをかけてきた。

「じゃあ軽く飲むか。……ご近所の、お近づきのしるしに」

＊＊＊

家の中は土間から上がったところに座敷が広がる、昔ながらの農家の造りだった。至るところに物が溢れ、雑然とした印象だったが、部屋の隅に黒塗りの箱や皿、お盆のようなものが積み重ねられているのが目につく。

(何だろ……漆器？)

サンダル履きだった男──津守は、雑な動作でそれを脱ぎ捨て、住居部分に上がる。彼は背後の節をチラリと見て、「上がれよ」と言った。

「……お邪魔します」

広い座敷は、二十畳以上ありそうだった。よく見ると部屋の縦横に敷居と鴨居があって、いくつかの部屋の襖を取り払い、一部屋にして使っているのだとわかる。左手には作業用らしい平机と座布団が置かれ、机には電気スタンドと細い鑿《のみ》のようなもの、黒塗りの皿や薄紙などがあった。

（……仕事道具、かな）

畳を踏むと自宅と同様に足が沈み込み、これくらい古い家ではやはり当たり前なのだなと、節は微妙な気持ちになる。部屋の一番奥、床の間の手前の重厚な座卓に座るよう言われ、節は遠慮がちに座布団に腰を下ろした。今日は日中、かなり気温が上がったせいか、扇風機が回っていても室内は蒸し暑い。

「ビールでいいか」

「すみません、お構いなく」

津守が一旦部屋から出て行き、一人になった節は室内を見回した。床の間には古そうな掛け軸が吊るされているものの、その足元にマンガ週刊誌が何冊も積み重なって置かれているため、風情の欠片もない。テーブルの上にはいくつかのリモコンと空のペットボトル、吸い殻がてんこ盛りの灰皿があり、いつのものかわからないコンビニ弁当の残骸があった。

広いはずの座敷には壁際にダンボール箱や物がごちゃごちゃ置かれていて、いくつかの窓を塞いでしまっており、とにかく雑然とした印象しかない。

（……家族の人は留守なのかな）

かなり大きい家だが、しんとして人の気配はない。あとで聞いてみようと思っているところに、ビール二本と乾き物のつまみの袋を持った津守が戻ってきた。

「すみません、ご家族の方は……」

「誰もいない。一人だから」

「あ、そうなんですか」

――一人でこんなに大きな家に住むなど、ずいぶん贅沢な話だ。おざなりに缶をぶつけられ、節は「いただきます」と口をつける。苦味と炭酸が舌の上で弾けるのを感じながら、節は話題を考え、とりあえず「お仕事、何をされてるんですか？」と問いかけた。

津守は淡々と答えた。

「沈金師《ちんきんし》」

「ちん……、え？」

「輪島塗の、仕上げの職人だ」

津守は自分の職業を「沈金師」だと言った。聞き慣れない職業だが、輪島塗の最後の仕上げである「加飾《かしょく》」の技法のひとつ、「沈金」を施す職人だという。

「あっちに黒塗りの、皿だの椀だのがあるだろ。塗り上がった漆面《うるし》に鑿で文様を彫って、そこに金粉を刷り込んで仕上げる。それが仕事」

「へえ……」

作業机にあった鑿は「沈金刀」といわれるもので、先端の形状が違うものが何本もあり、使い分けることでさまざまな彫り方ができるという。津守は芸大で伝統工芸を学び、数年工房で修行したあとは沈金師として生計を立てつつ、数年前からこの家で暮らしていると言った。室内に積み重なった無地の塗り箱や皿などは、すべて納品前の商品らしい。

「悪いがビールはもう切れた。日本酒でいいか」

「あの……ええと、はい」

一瞬断ろうとしたが、津守の機嫌を損ねたくなくて、節は勧められるがままに日本酒に口をつける。本当はあまり、酒に強くない。ビールや酎ハイはまだ飲めるほうだが、日本酒はすぐに酔っ払ってしまうため、これまでは敬遠してきた。

「すみません、俺――手ぶらで来ちゃったのに、ご馳走になりっぱなしで」

「別に。誘ったのはこっちだし」

目の前の津守は一升瓶から湯飲みに酒を直接注ぎ、水のように飲んでいる。結構なピッチだが、彼の顔色は全く変わっていない。

（酒強いのか……いいなあ）

フワフワしてきた頭で、節はそんなことを考える。これまでは仕事で取引先や会社の人間と飲む機会が多くあり、何とかビールは飲めるようになったものの、本当は好きなのは酎ハイだ。しかしそれを口にするのは、軟弱な感じがして少し嫌だった。

だが久しぶりに酔いが回ってくると、こういうのも別に悪くないかもしれないと思える。先ほどまでは津守を前にかなり緊張していたが、だいぶ気持ちがほぐれてきた。

「津守さんて、何歳なんですか?」

「二十九。……お前は」

「俺は二十三です」

「もっとガキかと思ったよ」

「あっ、ひでー……結構気にしてるのに」

節は身長は人並みにあるが童顔で、年齢より若く見られることが多い。成人してからもときおり居酒屋で身分証の提示を求められ、年相応ではない容姿に、軽いコンプレックスを抱いていた。

(でも、とっつきにくく見えるけど……津守さんって案外いい人かも)

初めて見たときは頭を下げても無視され、ひどく気難しい人間なのかと思った。しかしこんなふうに自宅に招いてくれ、酒を振る舞ってくれたことから考えると、つきあえばそう悪い人ではないのかもしれない。これからはご近所として、ときおり世間話ができるような間柄になれればいいと思う。

（でもいくら暑いとはいえ、何か着てほしいかな……）

相変わらず半裸の津守は、インドアな仕事をしているのに引き締まった身体をしていて、ついチラチラと見てしまう。全体的に細身ではあるものの、太い鎖骨やしっかりした肩、筋肉質の上腕が男らしい。締まった胸から腹にかけてのラインがストイックで、猫科の大型動物のようなしなやかさがあった。

（あー、ヤバい。俺……結構クラクラきてる）

かなりの酔いを感じた節は、もう帰ろうと考えた。明日は新しい職場への、初めての出勤になる。これ以上深酔いして朝起きられず、職場に迷惑をかけたら大変だ。

「津守さん、俺、そろそろ……」

「――物欲しげな目で見てるよな、さっきから」

節が言いかけた言葉を遮り、突然津守にそんなことを言われて、思考が停止した。ドクリと心臓が音を立て、ぎこちなく問い返す。

「は……？」

「目つきでバレバレだ。……興味があるんだろ？」

酔いが一気に醒め、自分の顔色が変わるのを節は感じた。反論できずにいるうち、強く腕をつかまれ、無理やり津守の胸に触れさせられる。節は動揺し、自分の腕を取り返そうとしながら、必死に否定した。

「違……っ、俺は……！」

後頭部をつかんで引き寄せられ、津守の身体がぐっと近くなる。息をのんだ次の瞬間、噛みつくように口づけられた。驚き、とっさに強く引き結んだ唇の合わせを、意外に柔らかい舌先でなぞられる。表面を甘噛みされ、ビクリと身体を震わせた途端、ほんのわずか唇を離した津守がささやいた。

「――口開けろ」

「……っ……」

命令され、節の頬が熱くなる。従うつもりはなかったのに、彼の低い声を聞くと、勝手に身体から力が抜けた。緩んだ唇の合わせから、津守の舌が押し入ってくる。ぬめる肉厚な感触に、節は肌が粟立つのを感じた。日本酒の味がする舌は節の口腔を無遠慮に舐め、ざらりとした表面を擦りつけてくる。怯える節の舌を強く吸い上げた津守は、ねじ込むように喉奥まで深く探ってきた。荒っぽい、食い尽くされそうな口づけに、節は思わずくぐもった呻きを漏らす。

「……んぅっ……は……っ」

息継ぎをした途端、また深く押し入られ、節は苦しさに喘いだ。混ざり合った唾液を嚥下すると、ようやく唇を離されて、呆然と津守を見つめる。

(何で……)

——どうしてこんなことになっているのだろう。

節にとっては、初めてのキスだった。無愛想なくせに熱っぽい口づけで翻弄した津守は、心臓をバクバクさせ、涙目の節を見てかすかに笑う。

「お前の態度を見れば、性的指向なんかだいたいわかる。——遠慮すんな、せっかくだから楽しんどけ」

「……っ……な、何言って……っ」

畳の上に押し倒され、めくり上げたTシャツの下の肌に舌を這わされた。脇腹を舐められ、節の薄い腹がビクリとこわばる。背中にチクチクとした畳の毛羽立ちを感じ、必死で身体をよじって抵抗するものの、覆い被さった身体は重く、びくともしない。

津守は節の肌のところどころを吸い、やがて胸の先端をぞろりと舐めてきた。

「っ、あ！」

じんと痺れるような感覚に、節は思わず声を上げる。刺激を感じて尖り出した先端を、津守は舌先で押し潰した。

「……ガキみてーな色だな」

乳首の色について言われているのだと悟った途端、節の頭にカッと血が上った。

「っ……や、やめ……っ」

「敏感なのは悪くない」

「っ、ぁ」

執拗に胸の先の粒を吸われて、節は喘ぐ。残ったほうは指で撫でられ、爪の先で引っ掻かれて、すぐに硬くなった。尖った先端はひどく敏感で、引っ張ったり抓られたりするうち、ツキリとした疼痛が走る。

「はっ……ぁ……っ」

節の目に涙がにじんだ。舐められるのと抓られるのは、全く感覚が違う。痛いのは嫌で、舐められるほうがいいと思った瞬間、それまで指で触れていたところを舐められて大きな声が出た。

「んぁっ……！」

ちゅっと音を立てて吸われ、軽く歯を立てられるだけで、下半身が反応して顔がより赤らむ。まるで感覚がダイレクトに繋がっているように、胸を吸われるたびに性器がどんどん熱くなり、芯を持って勃ち上がるのがわかった。普段は気にすることがほぼ皆無の乳首でこれほどのうずきを感じるとは思わず、節は内心混乱する。

(ヤバい……こんな、こんなの……っ)

津守の濡れた舌の感触で、胸の先端はますます尖り、吸ったり押し潰したりされると、思わず熱っぽい吐息が漏れた。感じるのが嫌で、節はぐっと唇を噛む。どうにかして逃げなければと思っている節とは反対に、余裕のある態度の津守は肌に舌を這わせ、鎖骨を軽く噛んできた。

「っ……!」

硬い歯の感触に、身体がぎゅっとすくむ。何もかもが未知の感覚で、節はそれをもたらす目の前の津守が、怖くて仕方がなかった。手のひらで確かめるように身体を撫でられ、津守の膝で股間をぐっと押される。驚いて息を詰めた瞬間、津守が小さく笑った。

「——すっかりその気だな」

「や、ぁ……っ!」

ハーフパンツのウエストから入り込んだ津守の手が、すっかり兆していた屹立を握り込んだ。羞恥と混乱で節は身体を硬直させたが、ゆっくり動かされるだけで、じんとした快感が背筋を駆け上がる。

「あっ……」

自分より体温の高い手は幹を握り込み、絶妙な力加減でしごきながら、くびれを刺激した。先端の丸みを親指で撫でられ、鈴口をくすぐるようにされると、腰が浮くほどの甘ったるい感覚がこみ上げる。

「ぅっ……ん……ぁ、っ」

「溜まってんのか？　反応早すぎだ」

「あっ、あっ」

にじみ出たぬめりを先端に塗りこめるようにされ、感じやすい裏筋を刺激される。与えられる動きに快感をおぼえた性器はますます張り詰め、津守の手の中でビクビクと震えた。

「はぁっ……ぅっ、あ……っ」

(気持ちいい……あ、どうしよう……)

他人の手に自分の欲望を委ねるのは初めてだが、怖くもあり、同時にぞくぞくとした愉悦も感じた。身体の奥底から強い射精感がこみ上げ、身の置きどころがなくて、節は津守の二の腕を混乱しながらつかむ。

「はぁっ……ぁっ……待っ……も……っ」

「……達《い》きそうか？」

ずり下がったハーフパンツの中で津守が手を動かすたび、ぬめった感触と濡れた音がする。先走りの液が鈴口から溢れ、屹立を嬲《なぶ》る動きをスムーズにさせているのが、ひどく淫《いん》靡《び》だった。

（どうしよう……もう……っ）

彼の手を汚すことを考えると、このまま出してしまうのに躊躇する気持ちがある。それなのに節の中には、もう後戻りできない射精感がこみ上げて止まらなかった。

「や、もっ、津守さん、放……っ」

「出せよ。——ほら」

「ひ、っぁ、……んぁっ……！」

眼裏に火花が散ったような感覚とともに、頭が真っ白になりそうな快感が突き抜ける。ドクドクと先端が白濁を吐き出し、自分の腹にそれが飛び散るのを節は感じた。呼吸が荒くなり、強烈な羞恥と脱力感をおぼえながら、節は火照った顔を腕で隠す。

——達かされたばかりの顔を、津守に見られたくなかった。そんな節に頓着せず、津守は下着ごとハーフパンツを脱がし、床に放る。精液で濡れた津守の手が後ろを探り、節はビクリと身体をこわばらせた。

「……っ……なっ」

「力入れんな」

窄まりを撫でた指は節の精液を塗り広げ、体内に入ってくる。息をのみ、思わず節がぎゅっと力を込めると、津守は舌打ちした。

「おい、締めるなって言ってんだろ。……ったく、しょうがねーな」

「ひゃっ……！」

津守は達したばかりの節の性器を、無造作にぱくりと咥える。熱い口腔に包まれ、吸い上げられて、節は思わず腰を跳ね上げた。途端に津守により深く咥え込まれ、ついでに指もぐっと中に入ってきて、パニックになる。

「あ……っ、や……っ」

幹をぞろりと舐め上げ、先端を強く吸われると、思考が灼き切れそうなほどの快感がこみ上げた。手でされるより何倍も鮮烈な感覚に、一度放って萎えていたはずの性器が、あっさり芯を持つ。窄まりを穿つ指は精液のぬめりを借りて徐々に中に押し込まれ、強烈な違和感を節に与えた。あっという間に勢いを取り戻した屹立が津守の口の中で痛いほど張り詰めて、すぐに達してしまいそうな感覚に節は動揺する。

「や……っ、駄目、津守さん……待っ……！」

節の性器を咥えたまま、津守はチラリと視線を上げる。目が合った瞬間、頭が煮えたようになって、節は真っ赤になりながら必死に言い募った。

「は、放して……っ」

「何で」

「あ、もう、出るっ……！」

「はえーよ、お前」

口から出された性器を、数回手でしごかれる。たったそれだけの動きで、節は再び白濁を放ってしまった。同時に後孔の指を締めつけ、その存在を嫌というほど意識した節は、息を乱す。ズルリと指が抜かれてホッとしたのも束の間、腹の上の精液をすくい、津守は指を増やして再び中を穿ってきた。

「んぁっ……！」

ねじ込まれる指の硬さに、入り口がピリッとした痛みをおぼえる。思わず津守の身体を押しのけようとすると、彼は小さく嘆息した。

「きついな。……ちょっと待ってろ」

津守は指を抜くと立ち上がり、部屋を出て行く。節は呆然としていた。電気が煌々と点いた畳の上、Tシャツははだけ、下半身もあらわで、息も乱れている。

（か……帰らなきゃ）

津守が戻ってくる前に、急いでここから出なくては――そう思い、節はあたふたと身体を起こすと、少し離れたところで丸くなっていた下着とハーフパンツに手を伸ばした。

——手が震えて、なかなかうまく穿けない。思いがけない成り行きに心はついていかず、ひどく動揺していた。焦る気持ちばかりが空回りしてモタモタしているうち、津守が何かのボトルを片手に戻ってくる。

「……何やってんだよ、これからだってのに」

「俺……あの……っ」

節の手にあった下着とハーフパンツをあっさり取り上げ、津守は無造作に横に放る。再び畳に押し倒された節は必死に抵抗したものの、腰の上に跨《また》がられて身動きができなかった。

「待っ……俺、そんなつもりじゃ……！」

津守はボトルのキャップを開け、粘度の高い液体を手に取る。そのまま後孔を探られ、節はひっくり返った声を出した。

「ひゃっ……あ……っ！」

先ほどまできつかった窄まりは、津守の指をぬるりと一気に二本のみ込んだ。あまりのことにショックを受ける節を尻目に、ぬめりをまとった指は隘路《あいろ》を行き来し、中を探るように動く。

「や……っ、な……っ」

「ローションだよ。変なもんじゃないから心配すんな」

ぬるぬると身体の内側を探られる感触は未知のもので、節は一気に体温が上がるのを感じる。きついのに指二本を根元まで受け入れてしまい、何とか逃れたくて身をよじっても、足先が虚しく畳を滑った。やがて津守の指が、節の中の感じてたまらない部分を探り当てる。

「うぁ……っ！」

「……ああ、ここか」

「や、やだそれ、やめ……っ」

津守の指が執拗にそのしこりを嬲り、うずきに似た快感が節を追い詰める。快楽の芽にダイレクトに触れられたようにぞくぞくするのに、皮一枚隔てて核心に届かない感覚がもどかしく、そんなことを考える自分に節は怯えた。もっと強い刺激を欲して、身体の奥が勝手にきゅうっと窄まる。ローションの感触がべたべたと不快だったが、津守はことさら音を立てて動かし、節の羞恥心を煽った。

「あ、あ、……は、っ」

「よさそうだな」

指を引き抜かれた途端、一瞬物足りなさを感じた。津守はデニムの前をくつろげて、自身の欲望を取り出す。避妊具のパッケージを破って手早く装着すると、彼は節の脚を広げ、太ももをつかんだ。

「あ……っ」

濡れた窄まりに硬い先端が触れ、ビクリとした直後、それは圧倒的な質感で節の中に押し入ってきた。

「……っ……あ……っ！」

——挿入は容赦なく、みっしりと中を埋められる感覚に、節の身体から一気に汗が噴き出した。節の太ももをつかんだ津守は抵抗を押さえつつ、ローションでぬめる隘路にじりじりと欲望を埋める。本来何かを受け入れる器官ではないそこは狭く、津守の性器の熱さも硬さも、何もかもを生々しく節に伝えた。のみ込まされる大きさが苦しく、入り口も限界まで広げられてピリピリと痛むのに、逃げられない。ぶわっと汗が出ると同時に涙も出て、呼吸をするのもままならず、節は引き攣ったような息を漏らす。

「ひっ、ぁっ」

「——息吐け。少し緩めろよ」

「や、あ……っ」

（そんなのできない……っ）

津守は全部を一息には埋めず、七割ほど挿入したあと、馴染ませるようにゆるゆると動いた。ローションが湿った音を立て、受け入れたところが津守の大きさに慣れて、徐々にこわばりを解く。そのタイミングを見計らってゆっくり根元まで埋められ、節は大きく声を上げた。

「んぁっ……！」

「……挿《はい》った。動くぞ」

ズルリと半ばまで引き出され、根元まで埋められる。数回その動きを繰り返して内壁の感触を堪能したあと、津守は徐々に律動を激しくしてきた。

「ひっ、ぁ、はっ、ぁっ……！」

突き入れられるタイミングで、節の喉からとめどなく声が漏れる。津守のものは硬くて大きく、すべてを埋められると内臓がせり上がるのに似た苦しさがあった。自分の中に他人の熱が入っているのが、信じられない。節の腰をつかんだ津守は、小刻みに深い律動を送り込んできた。突き込まれるたびに津守の下生えが節の皮膚に当たり、本当に彼のものが根元まで挿《い》れられているのだとわかる。節がぼんやりと視線を向けると、津守の腹筋が目に入り、ストイックなラインにひどく色気を感じた。

「は、ぁっ、うっ、ぁ」

揺らされると背中が畳に擦れ、ヒリヒリする。ふいに津守が節の膝をつかんで脚を大きく広げ、穿つ角度を変えて言った。

「……お前のいいとこ、ここだろ」

「ひっ、ぁっ！」

下から突き上げるような動きで感じてたまらないところを刺激され、じんとした快感が走る。硬い性器で繰り返し絶妙なポイントを擦られて、中がビクビクとわなないた。

「はぁっ、ぁ、やぁ……っ」

「は……すっげ」

気持ちいい動きをねだるように、内部が津守の屹立を締めつける。いつしか節は、彼にもたらされる行為に快感をおぼえていた。挿れられる大きさが怖かったはずなのに、先端で弱いところを抉られると、もっとしてほしくて勝手に腰が浮く。それを押さえつけて深く抉られ、ときおり回すように動かれるのがたまらなかった。羞恥と混乱で涙ぐみ、汗も相まってぐちゃぐちゃの節の顔を見た津守は、かすかに笑った。

「ひっでー顔。……でも、結構そそるな」

「……っ……」

「ほら、手伝ってやるから達けよ」

突き上げながら性器をしごかれ、節は声を上げる。気づけば内側の刺激でまた兆していたものの、先に二度も出したため、すぐに出るわけがないと思っていた。しかし津守の巧みな動きで、節はあっさり精を放つ。

「あ……っ」

放つと同時に、後孔が中を強く締めつける。節の性器から薄い精液がこぼれた途端、津守は律動を速めてきた。ガツガツと何度も突き上げ、荒々しく腰を打ちつけられて、まるで濁流にのまれたかのように思考が乱れる。あまりの激しさに、節の中に「壊される」という恐怖がこみ上げたとき、顎をつかまれて口づけられた。ぬめる舌をこじ入れられ、絡まされる感触に息を詰めた瞬間、深いところで津守が熱を放った。

（あ、達ってる……）

きつい締めつけを堪能するように、強く腰を押しつけて射精しながら、津守は口腔を舐めてくる。間近で目が合い、貪られて息も絶え絶えになった節は、じわりと涙ぐんだ。

――男と抱き合ってしまった事実に、ひどくショックを受けていた。

＊＊＊

――自分が異性に興味を持てないことに気づいたのは、高校二年のときだった。

周囲が女の子の話で盛り上がっていても、話題に乗れない自分を、節はある日ふと不思議に思った。女の子を見てもドキドキしないし、身体を見たいとか触りたいとかは、微塵も思わない。むしろ同性の友人といるのが楽しく、ふとした瞬間に身体が触れてドキリとしたり、更衣室で裸体を見ることに性的興奮をおぼえるのに気づいたときは、天地がひっくり返るくらいの衝撃を受けた。

人知れず悩み、何となく周囲のノリに合わせて女の子に興味があるように振る舞いつつも、節は自分が恋愛感情を抱く相手が「同性」だという事実を、いつまでも受け入れられずにいた。一時の気の迷いだと思おうとしたものの、時間が経っても何も変わらず、焦りと劣等感ばかりが心に堆積していく。学校で女の子に告白されたときには、周囲の友人から「つきあっちゃえよ」と勧められたが、他に好きな相手がいると言って何とか断った。大学では自分がなるべく「普通」に見られるよう、学外に彼女がいることにして、常に気を使って過ごした。

社会人になり、建設機械を扱う会社に入ってから知り合った一年先輩の柿本《かきもと》は、男らしく明るい性格だった。妙に馬が合って可愛がられ、プライベートでも遊ぶようになり、互いの家を行き来するうち、節は自分が柿本を好きになっているのに気づいた。

――だが柿本とどうこうなるつもりは、微塵もなかった。自分のセクシュアリティは誰にも明かすつもりはなかったし、とにかく「普通じゃない」という目で見られることを、節は何よりも恐れていた。

ただひっそりと想っているだけでいい、こうして仲良く過ごせれば――そう考えていたはずなのに、気安い間柄に胡坐《あぐら》をかき、どこか油断していた部分があったのかもしれない。

彼に触れたのは、本当に魔が差したとしか思えなかった。あの日、飲み会の帰り、柿本は節のアパートに転がり込んできた。遠方に住む彼は、タクシー代をケチって会社に近い節の家に泊まるのはよくあることで、Tシャツにパンツ一丁で節のベッドを占領して眠るのも、よくあることだった。

脱ぎ散らかした柿本のスーツを節がハンガーに掛けて戻ったとき、彼は既に寝息を立てていた。部屋着代わりのTシャツがめくれ上がり、きれいな腹筋が目に入る。その瞬間、「触れてみたい」という気持ちが節の中にこみ上げた。あの肌は、一体どんな感触がするのだろう。温度は、硬さは――。

(……少しだけ、だから)

――酔って寝ている柿本は、きっと起きるまい。そう思いながら手を伸ばし、日に焼けた素肌にそっと触れた瞬間、柿本は突然目を覚ました。

『……お前』

彼は驚いた顔をし、節はとっさに冗談のようにごまかした。

『ごめ……あの、腹が出てたから――』

（あ、――まずい）

動揺し、言葉がたどたどしくなった上に、明らかに顔色が変わってしまっている気がした。ヒヤリとしたものが心臓を萎縮させ、節は中途半端な表情のままそれ以上何も言えなくなる。

（どうしよう、何て言ったら……）

『…………悪ぃ、帰るわ』

焦る節を見つめ、顔をこわばらせた柿本は吐き捨てるようにそう言って、壁に掛けられたスーツを引っつかむと、わざわざ洗面所に行って着替えた。節はそれ以上、何も言えなかった。引き留めることもできず、柿本が出て行ったドアを見つめ、ただ呆然としていた。

――その後、節は会社で女子社員にヒソヒソと言われたり、男性社員からあからさまに避けられるようになった。それが柿本があの一件を周囲にバラしたせいなのだと気づいたとき、節はひどくショックを受けた。恋愛感情を抱いていたし、仕事の関係を超えた親友だとも思っていた。しかし柿本は自分を「気持ち悪い」と思い、周囲に言いふらして傷つけても、構わないと考えていた——その事実に二重のショックを受け、何も言い返せずにいるうち、節が同性愛者らしいという話は会社中に知れ渡ってしまった。

節は出社することが怖くなった。誰も彼もが自分を見てヒソヒソと話し、笑っているような気がする。柿本の顔を見るのがつらく、いっそ会社を辞めようかとも悩んだが、再就職の難しさを考えると、なかなか決断できなかった。

考えた末、節は人事に異動願いを出した。大きい会社で支店も多かったため、どこか市内の別のところに行けたらいいと考えていた。だが人事に提示されたのは支店ではなく、田舎にある関連会社の営業所だった。事実上の出向に節は戸惑い、それを受けるかどうか迷った。

(これって、やっぱ……肩たたきなのかな)

もし上のほうにもあの「噂」が耳に入っているなら、体のいい厄介払い、もしくは会社を辞めろという勧告なのかもしれない。そう考えて、節は惨めになった。

(でも遠くに行けるなら、そう悪い話じゃない。何もクビになるわけじゃないし……そこの人間は、誰も俺を知らないんだから)

生まれ育った地元から離れることは、当初頭にはなかった。でも考えてみると、もし地元に留まれば、市内の支店間では盛んに異動が行われているため、悪い噂はどこにいてもつきまとってくる可能性も考えられる。ならばいっそ、都会から離れて田舎に行くのもいいような気がした。

政令指定都市から八十数キロ離れたその町は、郷土富士の麓《ふもと》にあった。山からの湧き水が出る公園は町の観光名所だったが、他には小さな温泉があるだけの、静かな町だった。

農地に囲まれた古い平屋の前に立ったとき、ひどく遠くに来てしまったような気がして、節の心には後悔がこみ上げた。これからここで暮らしていくのだと思うと、心細さが募る。しかし一方で、自分の噂を知る者がいないというのは、ひどく安心できた。

(……それなのに)

――まさかここで、男に抱かれてしまうとは思わなかった。同性愛者だという「噂」から逃げてきたはずなのに、これでは一体何のために遠くに来たのかわからない。これまでそういった性的指向なのかもと悩みはしたものの、節は誰とも肉体的に触れ合ったことはなかった。興味はあっても、自分からつきあう相手を探すなど、怖くてとてもできなかった。

(ああ、でも……やっぱ俺、男とできる人間だったんだ)

物欲しげな目で見ている、と津守に言われた。実際津守の身体に見惚れていたし、きっと誰が見てもわかるくらいに自分は浅ましい目つきをしていて、だからこそ柿本にも気づかれたに違いない。そして事実、男に抱かれて自分の身体は感じてしまった。そう思うと悲しみとも、惨めさともつかぬ思いが胸を塞いで、畳に横向きにうずくまった節は、ポロリと涙をこぼす。後始末をして煙草に火を点けた津守がそれに気づき、顔をしかめた。

「……おい、泣くほどひどくしてないつもりだぞ、俺は」

「……っ……」

言葉にならず、ぐっと唇を噛んでいると、彼は続けて問いかけてきた。

「初めてだったのか？」

節がうなずくと、彼は微妙な表情になった。津守は腕を伸ばし、ため息をつきながら手のひらで節の髪をグシャリとかき混ぜてきた。

「…………、悪かったよ」

「…………」

「途中から何となくそんな気はしてたけどな。都会の奴だから、てっきり遊びまくってんだろーなと思ってたが、偏見だったか」

——むしろそんな性格だったらよかった、と節は考えた。もう少し自分がさばけていて要領がよかったら、こんなに何年も悩まず、うっかり会社の人間にバレるようなヘマもしなかったに違いない。

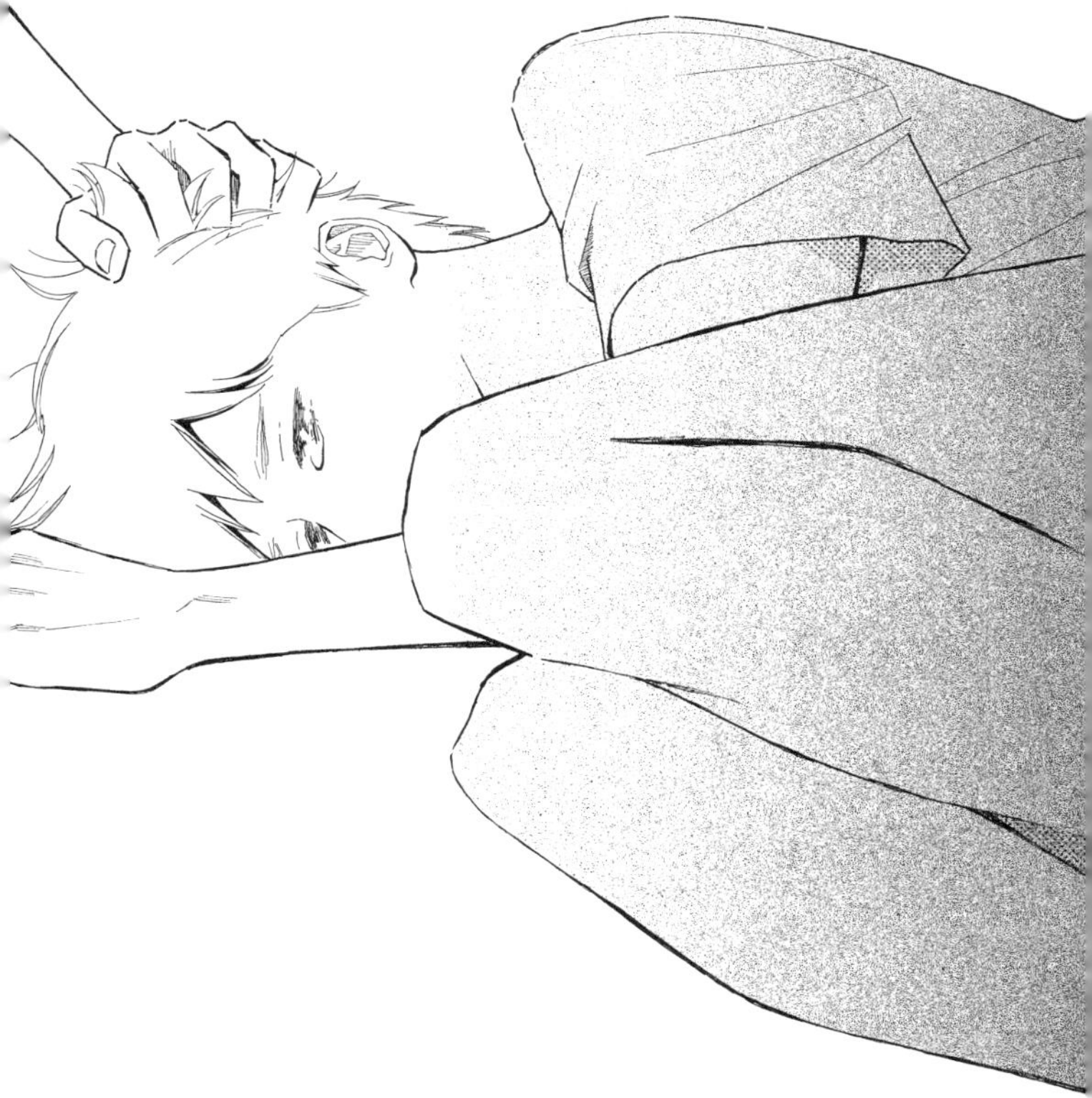

それきり津守とは言葉を交わさず、ノロノロと身支度をして、節は自宅に戻った。身体はひどくだるく、埃臭さの抜けない部屋に布団を敷き、食事も摂らずに横になる。

（これから俺……あの人とどんな顔をして会えばいいんだろ）

直視したくなかった自分の性的指向を思い知らされ、乱された経験は、じくじくと心を苛《さいな》んでいた。できればもう二度と会いたくないが、こんなに目と鼻の先に住んでいれば、顔を合わせることはいくらでもあるだろう。

（やっぱりこんなところに来たの……失敗だったのかもしれない）

——何もかも失敗だった。うっかり柿本に触れてしまったのも、それが彼にバレたことも。仕事を失うことを恐れてこんな田舎にやってきたのも、津守に抱かれてしまったのも——。

涙がこぼれて枕を濡らし、節は小さく洟をすすり上げた。開いている窓からは、ようやく涼しくなった風が少しの湿り気を孕み、吹き込んでくる。虫の声が驚くほど大きく聞こえ、風邪をひくから窓を閉めなくてはと思いつつ、身体のだるさで起き上がれないでいるうちに、いつしか節はそのまま眠り込んでいた。

＊2

翌日、朝八時に目が覚めた節は見慣れない部屋を見回し、ぼんやりしたあと真っ青になった。

（ヤバい、遅刻する……！）

始業は八時半のため、急げばギリギリ間に合う。そう考えながら猛スピードでシャワーを浴び、髪を乾かしてスーツを着た。布団を上げる時間はないし、朝ご飯を食べる時間もない。メモ帳と筆記用具を忘れずに鞄に詰め、もう一度身だしなみを確認して、大急ぎで家を出た。

玄関から出ると母屋が目に入り、昨夜のことを思い出して、心がぎゅっとする。

（誰のせいで寝坊する羽目になったんだよ……）

さまざまな感情が喉元までせり上がったが、すぐに視線をそらし、節は車に乗り込む。

エンジンを掛けて車を出しながら、顔を歪めた。

――体調は最悪だった。ひどい二日酔いで頭がガンガンする上、股関節と、身体の奥にも、鈍い痛みを感じる。

（……くそっ）

万が一酒臭かったら困ると思い、ミントのタブレットを口に放り込んだ。たとえ体調が最悪でも、今日は気を抜くわけにはいかない。何しろ新しい職場の、初出勤日なのだ。

（コンビニ寄りたいけど、時間ないな……。あーもう、七時には起きようと思ってたのに）

平日の朝だというのに、田舎のせいか、道はひどく閑散としている。ともすれば昨日のことばかりを考えてしまいそうになる自分を律しながら、節はハンドルを握る手に力を込めた。

＊＊＊

ふいに外から物音が聞こえて、缶コーヒーのプルタブを開けていた津守は、窓から外を覗いた。

（……あいつか）

百メートルほど離れたところにある小さな平屋から、スーツ姿の男が出てきたところだった。急いだ様子の彼は軽自動車に乗り込み、エンジンを掛けてすぐに発車させる。一瞬睨むようにこちらに視線を向けたのは、きっと津守の気のせいではないだろう。車が私道を抜け、国道を右に曲がっていくのを見て、津守はサンダルを突っかけて外に出た。

空はすっきりと晴れ渡っていて、アスファルトにはじりじりとした日差しが照りつけ、既に蝉がうるさいほど鳴いている。自宅の背面を囲むようにこんもりとした防風林があり、少し離れたところにも木々が点在しているため、夏場のこの周辺は本当に虫の声が激しい。はるか遠く、じゃがいも畑の向こうにはレタスが植えられていて、収穫しているらしい農家の人間が小さく見えた。

——畑くらいしかないところだ。近くに湧き水の有名な公園があるが、それだけでわざわざここに移住してこようと思う人間は、少ないに違いない。それなのに昨日、津守の自宅を訪ねてきた男は、出向で都会からこの田舎町にやってきたのだという。

樋口節、と名乗った男は、二十三という年齢よりだいぶ若く見えた。童顔で目が大きく、体つきが細いせいか、身長は人並みなのにどこか少年っぽい印象がある。会社員の範囲を逸脱しない程度にワントーン明るくした髪は今風で、都会から来たのだと言われると素直にうなずける、そんな雰囲気を持っていた。

これまで自宅の周囲には誰も住んでおらず、誰に気を使うこともない気楽な毎日だったため、突然引っ越してきたのだと言われても、津守は微妙な気持ちを拭えなかった。津守が住んでいるのは元々祖父の家で、亡くなった数年前に譲り受けたものだ。実は節が住む離れも津守が所有していて、賃貸物件として何年も管理会社に丸投げしていた。誰も入居しない状態が長く続き、目の前にありながら存在自体どうでもよくなっていたところで、一週間前に突然「入居者が決まりましたので」という連絡が来たときは、正直困惑した。

(でもあいつ、どう見ても訳アリだろ……あれ)

これまで都会暮らしだったというのに、わざわざこんな田舎に転勤してきたのは、おそらく何かをやらかしてきたに違いない――というのが、津守の考えだ。普通あの年齢なら、こんな僻地の出向の打診があっても、迷わず断るだろう。

初めて会ったとき、節はどこか人の顔色を窺うような、おどおどとした感じに見えた。半裸の自分を見て落ち着かない様子だったため、直感的に指向が同じだとわかった津守は、彼を自宅に誘い、手を出した。初心《うぶ》な反応も、すんなりと伸びやかな身体も悪くなかったが、事が終わった途端に泣かれたのには参った。

(……完璧しくじったよな)

煙草に火を点け、ふーっと煙を吐き出す。飲み終えたコーヒーの缶に灰を落とし、津守は国道を走る車をぼんやりと見つめた。

別に深い意図があって手を出したわけではない。久しぶりに同じ性的指向の人間を見つけて、軽い気持ちで抱いただけだ。あまりに物慣れない反応から、途中で「こいつはひょっとすると、経験がないのか」と思ったが、止まらなかった。案の定初めてだったらしく、節はひどくショックを受けていて、まだ自分がそっちの人間だと受け入れてなかったのかもしれないと考え、津守は後味の悪さを味わっていた。

（……俺も人恋しかったのかもしれない）

——ずっと一人でいて、誰かの体温を感じることに飢えていたのだろうか。

どちらにせよ、互いに後味の悪い経験なのは確かだった。津守は完璧に気まぐれだったし、節にとっては悪夢のような出来事だったに違いない。これだけ近い距離に住み、近隣には他に家もないようなところだったが、これからは干渉せずに過ごすのが一番いいのだろう。

元々津守は人づきあいがわずらわしく、誰かと馴れ合ったりするのは好きではないため、何も不都合はなかった。おそらく向こうも積極的に関わろうとはしないだろうし、これまでの生活と何ら変わらない。

「……さて、仕事すっか」

吸い終えた煙草を空き缶に落とし、津守は家に入る。うるさく響く蝉の声を締め出すように、彼は後ろ手にぴしゃりと引き戸を閉めた。

＊＊＊

節が元々入社したのは建設機械を販売する会社で、油圧ショベルやホイールローダなどを主力に扱っていた。しかし出向先は関連企業であるものの、農業機械を販売する小さな営業所で、勝手の違いに節は戸惑っていた。

（しかもこっちじゃ求められてるのは営業じゃなくて、どっちかっていうと部サなんだもんな……）

部サ——部品サービス部は、かつての職場では営業と別個のものだった。営業部は売る仕事、部品サービス部は営業が売った商品のメンテナンス、修理担当というように完全に分けられていたため、節には機械に対する専門的な知識がない。

この営業所での仕事も一応「営業」に当たり、担当地区の農家を月に二、三回訪問して、要望や困っている点などの聞き取りをする。その中で顧客のニーズに合った商品の提案をし、販売するのだが、実際は機械の修理やメンテナンスの仕事が大方を占めていた。節の前任には勤続二十五年のベテランがいて、彼が身体を悪くして退職したため、欠員を募集していたのだという。この辺りでは冬季の除雪用に建設機械を使うところが多く、営業所でも一部販売をしていて、元々支店の営業だった節はそちらの知識があるため、欠員の穴を埋めるには最適だと思われたらしい。

所長の宇田川《うだがわ》は五十過ぎのふくよかな人物で、ニコニコと愛想がよかった。

「樋口くん、頑張るねえ。そんなに根詰めなくても、現場に出れば追々覚えていけるよ。全然大丈夫だから」

「いえ、俺、本当に知識がないんで……」

与えられたデスクで節が首っ引きになっているのは、分厚い農業機械の仕様書だった。恥ずかしい話、営業のときは機械の種類や性能についての知識はあったものの、細かい部品の名前などはよく知らないままだった。しかしここでは修理がメインになるため、そんなことは言ってられない。できるだけ型番やパーツの名前を覚えようと、空いている時間はせっせとノートに書き出し、昨夜も遅くまで勉強して朝はうっかり寝坊してしまったが、ここに来て一週間経った今も、知識は全く追いついていなかった。

営業所の人間は所長の宇田川と事務員の柏木《かしわぎ》、他に三十代後半の町田《まちだ》と四十代半ばの岩瀬《いわせ》で、節を入れて総勢五名になる。町田と岩瀬は現在外に出ており、事務所の中には三人しかいなかった。

「樋口くんって真面目ですよね～。見た目は今どきの若い男の子なのに、何でこんなところに来たんですか？」

事務員の柏木の問いかけに、節はドキリとする。彼女は二十六歳で、日本人形を思わせる顔にセミロングヘアの、おっとりした喋り方の女性だった。

柏木の質問はただの世間話で、他意はないことはわかっている。節はなるべく何気ないふうを装って答えた。

「少し地元から出てみるのもいいかなって思って。支店はノルマもきつかったですしね。新車売ってこいって言われても、取引先のニーズに合わなければそう売れるものでもないですし……入社して一年半で、こんなこと思ったらいけないんでしょうけど」

「ふうん。なるほどね～」

そこで事務所の電話が鳴り、柏木は「お電話ありがとうございます、タナベ農機です」と言って出る。数分やり取りをし、電話を切った彼女は、「所長～」と呼びかけた。

「川西の桜井《さくらい》さん、ハーベスタから異音がするので来てくださいって」

「わかったよ。樋口くん、行こうか」

「あっ、はい」

節は慌てて筆記用具をしまい、出掛ける準備をする。現在節は所長の宇田川付きとなっていて、彼に同行して仕事を覚えることになっていた。

「樋口くんさ、別に毎日きっちりスーツじゃなくてもいいんだからね？　作業着のほうが汚れても楽だし」

車に乗り込む寸前、宇田川にそんなことを言われて、節はぎこちなく微笑む。

「いえ、俺、まだご挨拶しきれていない農家さんが多いので……一応初対面のときは、スーツのほうがいいかと思って」

「ふーん、やっぱり真面目だねえ」

宇田川に感心したように言われたが、節は何となく違う気がした。

(俺、多分「営業」にこだわってるんだよな……)

――かつての職場では、営業はスーツが当たり前だった。サービスの人間は今の宇田川と同じく作業着だったり、スーツの上に社のジャンパーなどを羽織っていたが、営業は皆一様にビシッとスーツを着こなしており、そんな自分たちに何となく優越感を抱いている部分があったように思う。

(……もう、前の職場じゃないのに……)

宇田川や、営業所の人間を下に見ているわけではない。それなのにスーツ着用にこだわる自分に、節はモヤモヤした。

「川西の桜井さんは、一昨日行った山根《やまね》さん家の奥のほうだから」

「わかりました」

助手席の宇田川にそう言われ、エンジンを掛けた節は車を発車させた。仕事に地理、覚えなければならないことはたくさんある。くだらないことなど考えている暇はない――そう思いながら、アクセルを踏み込んだ。

＊＊＊

新しい職場のよさは、何より仕事終わりの早さだ。毎日午後六時半に帰れるなど、以前は全くなかったことだった。おかげで終業後、買い物して家で自炊できるのは、節にとって非常にありがたい。以前は帰りが遅くなって疲れるとコンビニ飯になることが多く、食費がかさむのが悩みの種だった。

しかもこの近辺は農家が多いおかげで、激安の直売がある。あちこちに点在する無人の直売所は、見た目が不恰好で出荷できないものや収穫しすぎた野菜を、いつも格安で売っていた。長茄子を三本で百二十円、小松菜の大束を百円で買った節は、スーパーで肉や飲み物を買い足し、帰路に着いた。

(小松菜の半分は油揚げと一緒に味噌汁にして……残りはツナと甘辛い感じで炒めよう。茄子はレンチンしてポン酢の中華ダレをかけようかな。あ、豚肉もしゃぶしゃぶにして一緒に乗っけちゃえ)

あとは昨日の残りのかぼちゃの煮物を出せば、あっという間に晩ご飯が出来上がる。そんなことを考えながら帰宅した節は、車を自宅の脇に寄せつつ、チラリと母屋を見やった。

（…………家にいる、んだよな……？）

――この家に引っ越してきた約一週間前、節は母屋の住人である津守に抱かれた。思わぬ成り行きで、決して合意の上の行為ではなかったものの、触れられて身体が反応してしまったことに、節は忸怩《じくじ》たる思いを抱えていた。

（そりゃ、俺だって……あの人にバレるような態度とってたのかもしれないけど）

そう考え、節の心はズキリとうずく。身体の鈍い痛みは二日ほどで消えたが、心の痛みのほうはいまだに消える気配がない。彼に自分の性的指向を見抜かれてしまったのは、された行為と同じくらい、節に大きなダメージを与えていた。

あれから津守に会ったらどうしようと考えていたが、この一週間、意外にも彼に会うことはなかった。節自身、朝八時に出て午後六時半に帰る生活なので日中は家におらず、また在宅時も津守が全く外に出てこないため、顔を合わせずに済んでホッとしていた。しかしその反面、週末も彼の気配すら感じず、車は置いたままなのを見るにつけ、節は次第に心配になってくる。

（まさか中で死んでるなんてこと……あの人、ちゃんと生きてんのかな）

もちろん自分がいない日中に出掛けているのかもしれないし、津守は年寄りでも、小さな子どもでもない。車から降り、母屋をぼんやりと見ていた節はふと、同意もなくあんな行為をした相手のことばかり考えている自分に気づき、気まずさをおぼえた。まるで思いっきり意識しているようだと考え、ムカムカする。

（そうだよ。別にあの人と顔合わせなくていいなら、俺にとっては好都合じゃん……）

そう思いながら鍵を開け、玄関に入った節は、何気なく部屋に視線を向けて動きを止めた。

「……えっ……？」

——部屋は水浸しだった。台所も続き間の二部屋も、朝うっかり寝坊して片づけることができなかった布団まで、床に溢れた水で濡れている。

（何で……何だこれ、一体どういうこと？）

何が起こったのかわからず、急いで水の出所を探す。台所かと思いきや、水が出ているのは洗濯機の給水の蛇口からだった。

「……マジか。信じらんねえ……」

——原因は、全自動洗濯機の給水ホースがはずれたことによる水漏れだった。出っ放しの水を止めた節は、改めて室内を見回す。既に靴下はぐっしょり濡れ、見渡すかぎり何もかもが水に浸っていた。一体何時間水が出続けたらこんなふうになるのだろうと、ぼんやり考える。

（朝？　俺がいなくなってからずっと？　昨夜洗濯したあとは、何ともなかったのに……）

立ち尽くしていても仕方がないと、節は買い物してきた食材を冷蔵庫に入れ、掃除を始めた。濡れて使い物にならない布団を玄関から外に出したが、びっくりするほど重くなっていて、移動させるだけで汗をかく。着ているスーツもびしょ濡れになった。

（くそっ、布団って水吸ったら、こんなに重くなるのか……）

雑巾とバケツを用意し、ひたすら水を拭いた。中途半端な体勢で拭いているとすぐに疲れ、やけくそになってスーツのまま膝をつき、四つん這いになって作業する。

板間の台所はどうにか拭き終えたが、問題は畳だった。ただでさえブヨブヨしていた畳は水でぐしゃぐしゃになっており、拭いてどうにかなるレベルはとうに超えている。

（ああ、この畳、弁償かな……。全部で一体、いくらかかるんだろう）

布団もなく、今夜はどうやって寝たらいいのかと考えると、暗澹《あんたん》たる気持ちになる。水道料金もどれだけ請求がくるか、想像もつかない。踏んだり蹴ったりな展開に、じわりと涙がこみ上げてきた。

（あー何だろ、ここ最近の俺。何でこんなに嫌なことばっか続くんだよ……）

この土地に来る前からあまりにもトラブルばかりが続いていて、いい加減嫌になってきた。なるべく考えないよう、気にしないよう努めていたのに、目の前のことがきっかけになったのか、唐突に限界を感じる。いつのまにかコップの縁まで溜まっていた水がふいに溢れ出すように、「つらい」という気持ちがじわじわと内側を侵食するのを、抑えることができない。

ぐうっと喉元までせり上がった塊をどうにか嚥下し、息をついた。そのとき突然、背後から声が響いた。

「……おい、一体どうしたんだ、これ」

驚いて振り向くと、戸口に佇む男の姿があって、節はドキリとする。よれたTシャツ姿の津守は、一週間前と全く変わりはなかった。

(……何だ、やっぱり生きてたんだ)

心配して損した、と逆切れのような気持ちになりつつ、節は答えに困って雑巾を握り締める。津守は節が外に出したずぶ濡れの布団を見て、不審に思って来たらしい。彼と顔を合わせた途端、約一週間前の出来事を生々しく思い出し、節はカッと身体の芯が熱くなるのを感じた。

(……会いたくなかったのに)

津守にされたあれこれがよみがえり、急いで脳内からそれを追い払う。

節は気まずさをおぼえながら、渋々事情を話した。帰ってきたら部屋中水浸しになっていて、洗濯機の給水ホースがはずれたのが原因だったこと。布団は使い物になりそうもなく、拭くのに邪魔だったので、とりあえず外に出したのだと。

節の話を聞いた津守は噴き出し、「だっせぇ」とつぶやいた。その態度にカチンときた節は、思わず言い返していた。

「邪魔だから帰ってくださいよ。俺、見てのとおり忙しいんで」

「手伝ってやろうか」

「いいです、別に」

「だって一人じゃ大変だろ、これ。濡れた畳、全部外に出さなきゃならないんじゃないか？」

「……っ」

(そんなことはわかってるよ……っ)

せせら笑う調子で言われると、余計に節の中で惨めさが募った。——本当に嫌なことばかりだ。うっかり部屋を水浸しにしただけではなく、よりによって一番会いたくない男にそれを見られ、馬鹿にされている。

胸にこみ上げるさまざまな感情を押し殺し、節は奥歯を噛んで顔を背けた。すると突然、後頭部の髪をつかんで強く後ろに引かれ、痛みと驚きに目を瞠る。顔を仰向かせ、息が触れるほど間近で顔を覗き込んできた津守は、小さく笑った。

「——泣いてんのか」

「……なっ、泣いてな……っ」

動揺しながら答えようとした瞬間、目尻に溜まっていた涙がポロリと転がり落ちて、節はぶわっと顔を赤らめた。

(くそっ、俺の馬鹿、泣いてんじゃん……!)

うっかりこぼれた涙が恥ずかしく、今すぐ穴を掘ってもぐりたい気持ちになる。

津守は鼻で笑い、つかんだときと同様に乱暴に節の髪を放した。彼は「拭くもの持ってくる」と言って、部屋を出ていく。

——結局、津守に手伝ってもらって家具をすべて一旦外に出し、濡れた畳をはがした。

水を吸った畳は重く、十六枚を外に出すのは、かなりの重労働だった。運び出して外壁に立て掛けてから、雑巾で濡れた床を拭く。

「あー、これ、下の板も濡れてるな」

畳の下の木の床は水が沁み込み、色が変わってしまっている。きちんと乾かさなければ黴《かび》も発生するし、新しい畳も入れられないだろうと津守に言われ、節は「じゃあしばらく車で寝るしかないのか」とため息をついた。決して広くはない台所は、再度搬入する家具で埋まってしまうことが予想され、寝るスペースなどとても確保できそうにない。

（……あ、布団も新しく買わなきゃいけないんだった）

これからの出費を考えると、本当に頭が痛い。悶々としながらできるかぎりの水を拭き取り、すべての家具の搬入を終えたときには二時間が経っていて、ぐったり疲れてしまった。

「……すみません、いろいろ手伝わせてしまって」

家具がひしめく台所で節が気まずく謝ると、津守は雑巾をバケツに放り込んで言った。

「電気消して、戸締まりして来い」

「へっ？」

それきり津守はサンダルを突っかけて部屋を出て行ってしまい、彼の言葉の意味を考えた節は、顔を赤らめた。——津守はおそらく、自分の家に来いと誘っている。だが約一週間前、引っ越しの挨拶に行ってまんまと抱かれてしまった節は、のこのことあの家に行く勇気がなかった。

（行ったらどうなるんだよ……まさかまた、あんな展開になるのか？）

思い出し、じわりと体温が上がる。津守とのセックスは、節にとって衝撃的な出来事だった。彼の触れ方は巧みで、何度も達かされたし、最後までされても大きな怪我はしなかった。

だが男に触れられて感じてしまう自分は受け入れがたく、そんな事実を突きつけた津守を前にすると、節は身体がすくむ。うっかり近づいたら、また何かされそうで――知りたくない自分の一面を引き出されそうで、だからなるべく関わり合いになりたくないと思う。

(……でも……)

節のそんな気持ちとは裏腹に、津守は濡れた部屋の片づけを手伝ってくれた。以前のことはさておき、それについてはきちんと礼を言うべきだ。津守の家に行き、今日のことを詫びて、その後は車でコンビニに行こうと節は考えた。食事を作るつもりで買い物をしてきたが、料理などとてもできる状況ではない。弁当を買って夕食を済ませ、今日は車で寝るつもりだった。

(……よし)

電気を消し、車の鍵とスマホ、財布を持って外に出る。もうすっかり暗くなり、虫の声が響き渡る中、母屋には明るく電気が点いていた。節は玄関の前で、チャイムを鳴らす。しばらくして引き戸が開き、節は声をかけた。

「津守さん、あの――」

出てきた津守は突然カップ麺を一個放ってきて、節は取り落としそうになりながら慌ててそれを受け止める。

「えっ？　これ……」

「台所でお湯沸かして、適当に食え。二階に布団出したから、泊まってけよ」

当たり前のように言われ、節は驚いて津守を見た。

「いや、あの――俺、今日は車で寝るんで大丈夫ですから。ちゃんとお礼とお詫びを言わなきゃと思って来ただけなんで」

「部屋は余ってるし、布団も押し入れからもう出した。お前、俺の労力を無駄にする気か」

「ろ、労力って」

「虫が入るから、早く閉めろ」

言われて慌てて玄関に入り、引き戸を閉めると、津守はさっさと居間に上がってしまう。

節は玄関に立ち尽くし、戸惑った。

（どうしよう、帰らないと――）

「津守さん、俺……」

一旦奥に入った津守は、手に着替えやタオルを抱えて戻ってきて、言いかけた節の頭に放り投げてくる。

「……っ」

「食ったら風呂入って、とっとと寝ろ。俺は仕事をするから」

「――……」

津守は作業机に座り、スタンドの電気を点けると、それきり無言で仕事を始めてしまった。躊躇う気持ちはあるのに断りきれず、節はカップ麺や着替えなどを抱えたままそろそろと靴を脱ぎ、玄関に上がる。

「……お邪魔します」

台所は座敷を抜けて廊下に出た奥にあるらしいことは、前回来てわかっていた。緊張しながら津守の前を通り過ぎようとしたとき、突然彼が「ああ、そうだ」と声を上げ、節はビクリと跳び上がった。

「なっ、何……」

「冷蔵庫の中の物は、茶でもビールでも好きに飲んでいい。風呂は台所のすぐそば」

「……ありがとうございます」

薄暗い廊下に出ると、電気の点いた台所が見えた。いわゆる独立キッチンというもので、広さは六畳ほどだったが、中はとにかく汚い。真ん中にはダイニングテーブルらしきものと椅子が二脚あったものの、テーブルの上は電気ポットや中途半端に開けられたビールの六缶パック、灰皿や食べ物の残骸で溢れ、一面が見えなかった。台所も同様で、シンクの中は汚れた食器でいっぱいになっており、床に置かれたいくつものゴミ袋が異臭を放っていて、節は顔をしかめる。

（いくら一人暮らしっていったって、汚すぎだろ、これ……）

何となく電気ポットのお湯を使いたくなくて、コンロの上にあったケトルでお湯を沸かした。初めて部屋を見たときも思ったが、どうやら津守は相当に家事能力の低い男らしい。テーブルに未使用の割り箸を見つけた節は、物を掻き分けてどうにかスペースを作り、椅子に座る。

カップ麺が出来上がるまで三分待ちながら、周囲を見回した。冷蔵庫は大きく、三百五十リットルくらいはありそうだ。木製の食器棚は飴色のかなり年季が入ったもので、何となくこの家の古さにマッチしている気がした。中にはぎっしり食器が入っているのがガラス窓から透けて見えたが、一人暮らしでなぜそんなにもあるのかが謎だった。

喉の渇きをおぼえた節は立ち上がり、冷蔵庫を開ける。中はビールで大半が占められ、他にお茶や水のペットボトルが大小数本と、つまみらしきチーズやサラミ、醤油やケチャップなどが入っていて、お茶を一本貰って扉を閉めた。

気づけば予定より一分ほど長く過ぎていたカップ麺を、一人ですする。何だかひどく疲れを感じ、途中で腹がいっぱいになってしまったが、せっかく貰ったものを残すのは気が引けて、残さず全部食べた。

器を水ですすぎ、床に置かれたゴミ袋を覗くと、一応分別はされているらしいことがわかる。あまりに汚い台所を片づけようかと一瞬考えたが、他人の生活スペースにお邪魔させてもらいながら、勝手をするのは失礼だろうと思い直し、やめた。

台所を出て風呂場を見つけ、シャワーを借りる。四つん這いで掃除したため、スーツはクリーニングに出さなければならないが、一応ハンガーを一本借りて、物干しの隅に掛けた。津守のTシャツとスエットは少しサイズが大きく、借りたタオルで洗い髪を拭いた節は、少し緊張しながら居間に戻る。

「……あの、シャワー借りました。ありがとうございました」

「ああ」

津守は振り返らず、作業をしている。商品に傷をつけないためなのか机に布を敷き、その上に黒塗りの箱を置いて、彼は文様を彫っていた。

(わ、……すげえ)

津守の手元にあるのは小箱の蓋の部分で、漆の黒い艶が美しかった。彼が彫っているのは、梅の枝だろうか。薄い下絵の上から、細い鑿を使って少しずつ線を彫り込んでいるが、彼の手つきは迷いなく速い。屑を手で払い、そばの布で鑿の先端を拭きながら作業するその姿に、節はしばし見惚れた。

「――階段上がって、右の一番手前の部屋。布団出してある」

「あ、……はい」

作業の手を止めずにそう言われ、節は我に返る。先日のことがあって警戒していたが、仕事中の津守は手を出してくる気配が全くなく、何だか拍子抜けしてしまった。

「津守さんは……あの、飯は」

「あ？　もう食ったよ」

「ひょっとして、忙しかったんですか」

「納期が迫った仕事があるからな。まあ、いつものことだ」

それを聞いた節は、複雑になった。――彼は忙しいのに、自分の家の掃除を手伝ってくれたらしい。水浸しの床を拭くのも、家具や畳を外に出すのも、文句も言わずにやってくれた。

（……何だよ、どういう顔していいか、わかんなくなるだろ……）

――約一週間前、同意もなく自分を抱いた津守に、節は腹を立てていたはずだった。もう会いたくないとすら思い、道で会っても無視しようと考えていたのに、ここまで親切にされると、そうもいかなくなってしまう。

(本当に職人さんなんだな……)

話しながらも津守の意識は手元に集中していて、自分のことなどまるで眼中にないように見えた。これ以上邪魔するのも忍びなく、節は二階に上がり、言われたとおり右の手前の部屋に入る。

ダンボール箱が数個と、季節はずれのストーブが出しっ放しの部屋の真ん中に、マットレスと布団袋が放り投げるような形で置かれていた。その上には無造作にタオルケットが一枚載っていて、なぜかそれを見ると泣きたいような気持ちになり、節の心がぎゅっとする。勝手に敷いて寝ろ——そう言わんばかりの素っ気なさが、津守らしいと思った。

(なんか俺、涙脆くなってるな……)

まさかここまで親切にしてもらえるとは思わなかった。気難しそうに見えるのに、困っている自分を見捨てないところもある、そんな津守という人間がよくわからなくなり、与えられた布団に入ってもモヤモヤしたまま、節はいつまでも眠れなかった。

＊＊＊

節が二階に上がってしばらくして、手を止めた津守は、電気スタンドの下で彫り目を確かめた。若干の手直しを加え、屑を払って、沈金刀を置く。

（……妙なことになったな）

ため息をついて立ち上がり、座卓の上の煙草を咥えて火を点ける。時刻は午後十時を少し回っているが、今日はもう少し作業をするつもりだった。

（……警戒心の強い猫みたいに、ビクビクしやがって）

自分の挙動にいちいちビクついていた節を思い出し、津守は小さく笑う。午後七時過ぎ、節が車で帰ってきたことは、音で気づいていた。その後、外で重いものを引きずるような気配がして不審に思い、窓の外を覗くと、なぜかスーツ姿のままの節が布団一式を重そうに外に出しているところだった。

不注意で部屋をすべて水没させたという彼を手伝ってやったのは、ただの気まぐれだ。離れはひどい有様で、元々古かった畳は水を吸い、完全に使い物にならなくなっていた。畳をすべて出したあとも家は全く寝られる状態ではなかったため、仕方なく津守は自宅に泊まるよう、節に声をかけた。

（……別に無視したって、よかったのにな）

——少なくとも節は、自分が来たのを歓迎してはいなかった。

無理もない、と津守は思う。約一週間前、自分に抱かれてしまったのは節にとってかなりショッキングな出来事だったはずで、だからこそ「家に来い」と言ったときも、彼は最初頑なに拒んでいた。そばを通るときもそろそろとこちらを窺いながらの動きで、警戒心の強い猫のようなその動きは、津守の笑いを誘った。

離れで泣きそうな顔で床を拭いていた節の姿を、津守は思い出す。抱えきれない何かをこらえるような顔をしていたのは、おそらく水浸しだけが原因ではないのだろう。都会からこんな田舎にやってきただけで充分訳ありなのだろうし、彼なりに何か溜め込んでいるものがあるのかもしれない。

(まあ、一晩泊めてやるくらいいいか。……前回の貸しもあることだし)

——あのときそれなりに楽しませてもらった、礼だと思えばいい。そう考え、煙草を揉み消した津守は凝《こ》っている肩を動かし、再び仕事に戻った。

＊3

翌日、節が水漏れで社宅の畳を駄目にしてしまったことを会社に伝えると、事務員の柏木は表情を曇らせた。

「樋口くん、畳の件、残念だけど規約で、過失なら自分で弁償することになってるのよねえ」

「……そうですか」

何となくそんな気がしていた節は、ガックリと肩を落とす。柏木は本社に電話して問い合わせしたらしく、申し訳なさそうな顔をした。

「ごめんなさいねー。もし水道管が勝手に破裂してとかだったら、管理会社が弁済する義務があるし、樋口くんが自腹を切らなくてよかったんだけど。洗濯機の給水ホースが抜けてっていうのは、やっぱり居住者の過失になるみたい」

「わかりました」

柏木に「畳業者さんに新しいものを入れてもらうなら、まず管理会社に相談したほうがいい」とアドバイスされ、失念していた節はなるほどと思う。昼休みに連絡すると、管理会社は畳業者と連絡を取ってくれ、見積もりの際には一緒に立ち合うと言われた。事前に値段くらいは頭に入れておこうと、スマホで業者のホームページを見た節は、その高さに愕然とする。

（八畳二間で二十八万？　信じらんねえ、畳ってこんなに高いのか……）

いくら自分の過失とはいえ、かなり痛い出費だ。一応払えるくらいの貯金はあるが、だいぶ目減りしてしまう。

（参ったな……ああ、布団も新しく買わなきゃなんないんだった……）

節は都会によくある量販店の、シングルの布団セットを思い浮かべる。あれは確か一万もしないはずだ。

しかしそれを想定しつつ、終業後に近くの布団店を覗くと、陳列されているものはどれも値段が段違いに高く、買うのを躊躇ってしまった。休みの日に少し大きな町まで車を飛ばして安いものを買いに行こうか、それともネット通販か——そう思いながら結局買わずに帰宅した節は、家の前でスマホをいじりつつ煙草をふかしている津守を見つける。

「……あ」

——昨夜一晩泊めてくれた津守は、結局手を出してこなかった。朝は七時を過ぎても彼が起きてこなかったため、節は「お世話になりました　仕事に行きます」という書き置きを居間に残し、自宅に戻って着替えたあと、出社した。

（……ヤバい、俺、お詫びの品を何か買おうと思って忘れてた）

甘いものは嫌いと言っていたから、何がいいだろう——朝はそう考えていたはずなのに、畳と布団の値段の高さに放心状態になり、すっかり忘れていた。気まずい思いで車を降り、節は母屋に足を向ける。津守は相変わらず何を考えているのかわからない、温度の低い視線を向けてきた。

「昨日は泊めてもらって、ありがとうございました。……あの、すごく助かりました」

「いいよ、別に。……どうするんだ？　畳。あれはもう使えないだろ」

あれ、と顎で指し示した先には、離れの壁面に立て掛けられた何枚ものよれた畳がある。

節はそれをチラリと見て答えた。

「過失なので、自分で弁償しなきゃいけなくて……三十万弱くらいするみたいです」

「金あるのか？」

「まあ、それくらいは」

痛い出費だが、自分のせいなので仕方がない。そう考えていると、津守は「ふーん」と言い、言葉を続けた。

「じゃあ新しく入れるまで、部屋で寝れないんだな。畳の下板も濡れてたし」

「そうですけど、車で寝るんで」

「車？」

節は台所は家具で埋め尽くされていてスペースがないため、畳が入るまでは車で寝ると答える。すると津守はため息をつき、「しょーがねえな」と言った。

「うちに来い。布団も部屋もあるし、自分ん家に住めるようになるまでいろよ」

「えっ？　……い、いいです、あの、ご迷惑ですし」

「目と鼻の先に住んでるのに車で寝てるとか、こっちの寝覚めが悪いんだよ。それにどうせお前、夜しかいないいんだろ」

思いがけない展開に、節は混乱していた。津守は一人暮らしだが、自分が転がり込んで迷惑じゃないわけがない。しかも彼とは一週間余り前、成り行きでセックスしてしまったばかりで、そんな人間のところに易々と行けるはずもなかった。

（どうしよう……何て言って断ったら）

必死に思案する節に、ふいに津守は意外なことを尋ねてきた。

「お前、普段は自炊か」

「えっ？　……あの、はい」

驚きながら答えた節に津守がしてきた提案は、「家にしばらく居候《いそうろう》させる代わりに、飯を作れ」というものだった。

「飯、って……」

「別に凝ったもんじゃなくていい。お前が普段食ってるようなもの、自分に作るついででいいから。要はギブアンドテイクだ。それでいいだろ」

「……津守さんって普段、何食べてるんですか」

「冷凍食品かコンビニ。あとレトルト」

「……ああ」

確かにそんなゴミばかりが、台所や居間に溢れていた。

――しかし食事を作るのはいいが、問題はそれ以外の部分だ。考えるのも恥ずかしいが、津守を前にしたらいわゆる貞操の危機というものを、節は心配せずにはいられない。

（そんな、同じ家に住んだりしたらまた――いやでも、昨日は何もなかったし）

だが起こってしまった出来事は消えない。少なくとも津守は、男を相手にできる人間なのだ。体格も違うため、押さえ込まれたら絶対に逃げられないのだと思うと、節は警戒心を拭えなかった。

（やっぱ駄目だ。……俺）

「津守さん、あの――」

「決まりだな。そういうわけで飯よろしく。家の中のものは、仕事道具以外は何触ってもいい。テレビも勝手に見ていいし、好きに過ごせ」

「えっ、ちょっ、俺は……！」

「あとで食費渡すから」

＊＊＊

——津守に強引に押し切られる形で、彼の家に居候することになってしまった。

本当は断ろうと思っていたのに、強く出れなかったのは、津守に対して借りがあるからだろうか。水浸しの家を片づけるのを手伝ってもらい、自宅に泊めてもらった。警戒していたのに彼は手を出してこず、だから以前のことを持ち出して断るのが、難しかったというのが正しい。

(……あのとき「悪かった」って言ってたし、一応反省してくれてんのかな……)

畳は次の休み、近隣にある唯一の工務店が、打ち合わせと採寸に来ることになった。それから実際に畳を入れるまでは数日かかるといい、平日は仕事で立ち会えない節は、結局二週間くらいかかりそうだと考える。

(それまで津守さんの家で世話になるのか……)

正直、津守がここまでしてくれたのが意外だった。彼に対し、最初からあまりいい印象を持っていなかったのが、少し申し訳なくなるくらいだ。

仕事が終わったあと、節はスーパーに寄って買い物をした。昨日は一昨日買った食材を自宅から持ち込んで晩ご飯を作ったが、その前にあの汚い台所を掃除するのが大変だった。三十分かけて洗い物やゴミの片づけをし、シンクを磨き上げてから料理したものの、津守は何のコメントもなく黙々と食べて仕事に戻った。

(何か一言、美味いとか不味いとか言えばいいのにさ……)

思い出してムッとしながら、節は店内を回る。いんげんの大束が安かったのでそれを買い、さつま揚げと一緒に煮ることにした。あとはごぼうと牛肉の甘辛炒め、しらすおろしにポン酢をかけたものと、カニカマときゅうりのサラダ、あさりの味噌汁にする。

車を自宅の脇に寄せ、節は買い物袋を持って津守の家に向かった。「鍵は開いてるから、勝手に入れ」と言われたため、チャイムは鳴らさずに引き戸を開ける。

「……えーと、ただいま戻りました」

「…………」

仕事中だった津守はチラリと視線を上げ、すぐに興味のなさそうな顔でまた手元に戻す。その反応の薄さに、節は鼻白んだ。

(何だよ、「お帰り」くらい言ってくれてもいいじゃん)

一旦台所に食材を置き、二階に行って部屋着に着替えた。昨日から同居を始めたが、津守は必要以上に節に話しかけてきたりしない。食事のあとは仕事に戻り、ときおり煙草を吸って休憩したり、パソコンに向かったりしていたものの、節は早々に二階に引き上げたため、その後の彼の動向はわからなかった。朝は一応朝食を作ったが、七時過ぎに起きてきた津守は「おはよう」を言うでもなく、黙々と用意されたものを食べていた。

台所に戻った節は、あさりを塩水に漬け、米を研いで炊飯器にセットする。あちこち開けてみると、台所には鍋や調理器具が揃っていて、それが少し意外だった。調味料や乾物なども出てきたが、いずれも賞味期限が数年前になっており、節は不思議に思う。

（……もしかして前、料理をする人がこの家にいたのかな）

食器の多さといい、一人暮らしで料理を全くしない津守には必要のないものが、台所には多い。

（……まあ、聞けないけど）

津守に対する警戒心は、まだ拭えていない。――しかし昨夜も彼は手を出してこず、節は肩透かしを食らったような気持ちになっていた。以前の行為は合意の上ではなかったし、二度と彼とする気はない。それなのに、ふとした拍子に目に入る津守の腕や身体を強烈に意識してしまい、そんな自分を持て余していた。

（気にしすぎなのかな……）

一時間ほどで料理が出来上がり、居間に運ぶ。「津守さん、できたよ」と呼びかけると、彼は立ち上がって座卓までやってきた。

「……ご飯、おかわりあるから」

「ああ」

並べられた料理に、津守は箸をつける。相変わらず表情は変わらず、彼が何を考えているのか節にはわからない。

（あ、ごぼうと牛肉の、もうちょっと味が濃くてもよかったかも）

「――お前の作る料理って」

ふいに話しかけられ、節は驚いて顔を上げた。

「えっ？」

「なんつーか、田舎臭いよな。……若さがないっていうか」

言われた言葉の意味を考え、節の頬がじわりと赤らむ。――言われてみれば食卓には、鮮やかな色味が足りない。自分の食べたいもの重視でメニューを決めてしまったため、言われるまで茶色いおかずばかりだと気づかなかった。

（……くそ、やっぱトマトも出せばよかった）

残っていたトマトでおかか和えも作ろうと思っていたのに、途中で面倒臭くなり、明日に回したのが悔しい。だが文句を言われることに理不尽さを感じ、節は思わず言い返した。

「……津守さんが言ったんじゃん、俺のメシ作るついででいいって」

「別に文句は言ってない。ただ、お前のチャラい見た目からすると、ちょっと意外だっただけだ」

「………………」

別に自分が特別チャラい容姿だとも思っていないが、確かに作る料理は地味かもしれない。その理由を考えて、節は言った。

「たぶん俺が……すげー婆ちゃんっ子だったからかも。うち、母親が仕事で忙しかったから、いつも同居してた婆ちゃんがご飯作ってくれてて」

幼い頃の節は、祖母が料理を作っているのをそばで見るのが大好きだった。彼女の作る素朴な味で育ったため、何となく今も好きなのはそういう地味な料理に偏っている。

「中学一年のときに婆ちゃんが亡くなって、母親はいつも帰りが遅いから、コンビニ飯とかスーパーの惣菜が多くなったんだけど……ああいうのってすぐ飽きるじゃん？　そうすると婆ちゃんが作ってくれたようなご飯が食べたくなって、それで自分でいろいろ調べて作るようになったんだ。なるべく好きな味に近づけてるから、だから何ていうか……田舎臭いっていうか、地味なのかも」

「ふーん」

津守は淡々と咀嚼する。「おかわり」と茶碗を差し出され、驚いて「あ、うん」と受け取った節は、台所に向かった。

（……あ、敬語忘れてた）

会話の流れで、ついタメ口をきいてしまった。だが津守は気にしたそぶりもなく、何となくこれでいいのかという気がする。

（……田舎臭いとか言うくせに、おかわりするんだな）

明確な言葉はないものの、少しだけ料理を褒められたような気がして、節は手元の空の茶碗を見つめる。……じわりと、面映ゆい気持ちがこみ上げていた。

＊＊＊

それから二日ほど経つと徐々に互いの気配に慣れて、節は津守が仕事をする傍ら、居間でテレビを見るようになった。といっても農業機械の勉強をしながらで、音がないのが寂しくて点けたのだが、津守は文句を言わなかった。洗濯は自宅でしようと思い、洗い物を抱えた節が帰ろうとすると、津守に「うちのを使え」と言われた。

「俺のもついでに洗うなら、洗濯機は好き放題使ってくれていい」

「……つーか、それが目的なんじゃないの」

節は呆れたが、確かに一緒に洗っても手間は同じだ。「まあいいか」と考えてありがたく洗濯機を借り、着替えは自宅からまとめて持ち込んだ。大きなボストンバッグや、壁に掛けられた複数のスーツなどを見ると、何だかかなり本格的な居候生活になってきたような気がして、少し落ち着かない。

朝晩の食事は自炊するようにしているものの、昼の弁当までは手が回らないため、節は毎日コンビニで調達していた。昼休み、会社で冷やし中華を食べていたところ、節はふいに話しかけられる。

「そういや樋口、畳を駄目にしたって聞いたけど、今どうやって生活してるんだ？」

営業の町田にそう聞かれ、麺をのみ込んだ節は答えた。

「うちの近所の、津守さんって人のとこにお世話になってて……新しい畳が入るまでって約束で、居候生活してます」

「へえ、いい人だな」

町田の言葉に、節は曖昧にうなずく。津守との関係をおかしなふうに思う人間はいないだろうが、何となく落ち着かない気持ちになった。

「ああ、樋口くんの住んでる社宅って、先生のおうちのご近所だっけ」

「センセイ？」

所長の宇田川の言葉に聞き返すと、彼はお茶を飲みながら答える。

「津守さんって、この辺りじゃかなりの有名人だよ。何だっけな、日本伝統工芸展？とかで何回も入賞して、あと漆芸《しつげい》やら他の展覧会でも、いくつも賞を取ってるんだって。大きい都市で個展もやってる、すごい作家さんだよ」

「……そうなんですか」

「年に一度、町の公民館で開く体験講座《ワークショップ》に、僕の母親が毎年参加しててね。自分で作った作品を持って帰ってくるんだけど、あれ、きれいだよねえ」

会社の人間が津守を知っているのがひどく意外で、節は驚いた。宇田川いわく、津守の手掛ける作品の中には高値がつくものもあるという。

（ふーん……いくつも賞を取るって、やっぱすごいんだろうな）

そんな津守は、家は相当汚く、整理整頓ができない性格だ。大きな一軒家でかなりの部屋数があるにも関わらず、どこもかしこも物で溢れ、汚部屋と言ってもいいくらいで、最初は正直呆れた。しかも「メシを作れ」と言ったくせに、彼は食べても全く感想は言わない。黙々と食べて終わったあとは片づけを手伝いもせず、仕事をしているか、たまにマンガ雑誌を読み耽っている——彼はそんな、社交性ゼロの人間だった。

(でも確かにこのあいだ見たときも、彫ってるのはすごかったっけ……)

会社の人間に津守の話を聞くと俄然興味が湧き、節はその日の夜、彼が仕事をしている様子をチラチラと窺った。視線を感じたのか、津守がうるさそうにジロリと睨んできて、節は慌てて目をそらす。しかしそんなことを数回繰り返すうち、津守は舌打ちして口を開いた。

「何だよ、ジロジロ見やがって」

「ごめん。会社の人に聞いたんだ、津守さんがすごい人だって」

数々の入賞歴のあるすごい作家だと聞いたと節が言うと、津守は鼻で笑った。

「こんな田舎で職人だってのが、珍しいだけだろ」

「沈金……ってあんまり聞かないけど、芸術の世界では有名?」

「人間国宝は二人ほどいる」

「……そうなんだ」

うずうずとした気持ちを抑えきれなくなった節は、思い切って津守に言った。

「あの、近くで見ていい?」

「――……」

津守は嫌そうに顔をしかめたが、駄目とは言わなかった。節は畳の上をいざり、作業机の近くまで行く。

「この彫るデザインって、津守さんが考えてんの？」

「ああ」

「この皿とかは、全部文様が同じに見えるけど」

「これは茶会で生菓子や干菓子なんかを載せる、銘々皿《めいめいざら》だ。決まった図案で同じのを作って、規定数納めてる」

津守が作るものは茶托や吸い物椀、盛り器や飾り皿など多岐に亘り、値段もピンキリらしい。

「このあいだの、梅の枝のやつは……」

「あれは文庫。手紙や筆なんかを入れておく小箱で、単価が高い」

「へえ」

沈金の手順は、まず漆面に和紙に描いた下絵を転写し、沈金刀を使い分けながら文様を彫り込む。その後、彫溝に漆を擦り込み、金銀の箔や色粉を綿でつけて定着させ、余分な粉を拭き取ると、文様が浮かび上がるのだという。

「漆で粉がくっつくの？」

「接着剤と同じなんだよ」

節はすっかり感心してしまった。これまでの人生、芸術とはおよそかけ離れた生き方をしてきたため、その腕ひとつで生計を立てている津守を、素直にすごいと感じる。

「あのさ、俺、粉つけてるとこも見たい。今度やるとき教えて」

「あ？　ガキか、お前は」

「いいじゃん、邪魔しないから。見るだけ」

節の言葉に津守は顔をしかめ、いいとも駄目とも言わなかった。節は何となく、気分が浮き立つのを感じる。

（楽しみだな。……間近でこんなのが見れるなんて、居候してよかったかも）

同居して数日が経つうち、頻繁にではないが会話を交わすようになり、いつのまにか津守に対する敬語は取れて、話すのにも緊張しなくなっていた。彼に対するわだかまりが消えたわけではないが、少しずつ距離を縮めている今の状況が、節はそれほど嫌ではない。

――ただ、例の一件を完全に払拭するには、まだ時間が必要だった。節はひそかに、「自分を抱いたということは、津守はゲイなのだろうか」と考える。年齢からいって結婚していてもおかしくはないのに、この一軒家に彼は一人暮らしだ。一日中家にこもりきりなため、つきあっている相手もおそらくいないように思う。

（でも何となく、聞けない雰囲気だよな……）

津守は常に「話しかけるな」オーラを出しているような、愛想のない人間だ。ふと、彼の職人らしい、指の長い大きな手が目に入った。あれが自分に触れた——そう思った途端、節は身体の芯が、かすかに熱を帯びたような気がした。

＊＊＊

——警戒心があるのかないのか、わからない奴だと思う。

朝、座卓の前に座り、テレビのリモコンを操作してニュース番組を流し見しながら、寝起きの津守はそんなことを考える。時刻は七時半過ぎで、台所からは味噌汁の匂いが漂っていた。

「津守さん、今日はいつもより若干早いけど、何か用事でもあんの？」

お盆に載せてきた朝食を座卓に並べながら節がそんなことを聞いてきて、津守は「別に」と答える。

「目が覚めたから起きただけだ。いつも時間は決まってない」

「ふーん」

並べられた料理は前日の残り物の大根のそぼろあんかけと、卵焼き、オクラ入りの納豆、きゃべつときゅうりの浅漬けに、これまた前日の残りの味噌汁だった。あまり手間は掛かっていないが、充分だと津守は考える。これまでの「腹が減ったら適当に食う」という生活スタイルに比べたら、朝晩栄養バランスの取れた食事が出てくるのは、健康的すぎるほどの変化だ。

節が二人分のご飯とお茶が入ったグラスを持ってきて、「いただきます」と言って食べ始める。津守も箸を手に取り、オクラ納豆に醤油をかけた。

ニュースでは今日は晴れて、気温が二八度まで上がると言っている。窓からは燦々と日が差し込み、外からは蝉の鳴き声が聞こえていた。

「津守さん、おかわりは？」

「朝から二膳も食えねーよ」

「そっか」

それからしばらく無言で互いに咀嚼を続け、テレビに目をやった津守は、ふと気づいて言った。

「お前、今日は土曜だけど会社なのか？」

「ううん、休み」

ならばなぜこんなに早く起きたのかと聞くと、今日は朝九時に工務店が、離れの畳の見積もりに来るのだという。その前に節はこの家の布団を干し、洗濯をして、見積もりが終わったあとは買い物に行くと語った。

「ちょっと足を延ばして、卸売りスーパーに行こうと思ってさ。いろいろ買い溜めして、今日のうちに下拵《ごしら》えを済ませておけば、平日帰ってきてから料理すんの楽だし」

まるで主婦みたいなことを言う、と思いながら、津守はふのりの味噌汁をすする。最初はあまり期待していなかったが、節は料理に関してはかなりまめだ。地味ながら味は悪くなく、旬の安い食材を使い回すことを考えていて、食卓には常時三、四品が並んだ。

当初遠慮して、あるいは以前の出来事で警戒して、頑なに同居を拒んでいた節は、交換条件として食事の仕度を提示すると渋々受け入れ、居候の代償に作るようになった。

同居を始めて今日で五日目くらいだが、節が来てから津守の家は、格段にきれいになった。ゴミと洗い物で溢れていた台所は磨き上げられ、居間にあった雑誌やコンビニ飯の残骸、吸い殻でてんこ盛りの灰皿も、きれいに片づけられた。よく見るとトイレや風呂場も掃除されていて、当初は食事の支度だけという話だったのに、節はそれ以上の働きを見せている。そのくせ彼の動きには押しつけがましさがなく、気づけば片づいているという状況だったため、津守は内心「意外にいい拾い物をしたな」と考えていた。

昨日は職場の人間に自分のことを聞いて、節は興味ありげに仕事の様子をチラチラ眺めていた。正直見られているのは気が散るし、いっそ追い払ってしまいたい衝動に駆られたものの、家事をせっせと頑張ってくれていることを考えると無下にもできず、仕方なく津守は作業の工程を教えてやった。

話を聞く節の態度は真剣そのもので、津守の仕事に対する尊敬の念が、如実に表情に表れていた。それまでさんざん自分を警戒していたくせに、好奇心に負けてのこのこと近くまで来るところに、津守は節のアンバランスさを感じる。

(警戒心があるんだか、ないんだか……)

話してみると節は素直で、裏表のない性格なのが伝わってきた。意識せずに人に甘えるのが上手く、おそらく上司などに可愛がられるタイプだろう。二人暮らしの母親が忙しかったと言っていたため、人恋しくて自然とそういった性格が形成されたのかもしれない。

食事が済むと、節は自分と津守の布団を二階に干し、シーツやタオルケットを洗濯していた。大物なので二回に分けないと洗い切れないらしく、その間も台所を片づけたり、掃除したりと忙しく動き回ったあと、畳の見積もりに立ち合い、買い物に出掛けていった。

集荷に来た宅配業者に納品の荷物を渡し、仕事に取り掛かった津守は、ぼんやり考える。

（……俺が、家に他人がいても気にならないなんてな）

――かつては他人の気配にピリピリして、精神的にかなり消耗した時期があった。ここ数年、一人でいる気楽さを知ってしまうと、誰かと暮らすことなど二度と無理だと思っていた。

それなのに今、成り行きで始まった同居生活が思いのほか快適で、その事実は津守を困惑させている。

午後三時過ぎに帰ってきた節は、肉や野菜など、かなりの食材を買い込んできた。そのすべてを使いやすいように小分けし、切ったり下茹でするなりして保存するらしい。津守は二週間分の食費として先に節に二万円を支払っていたが、おそらくそんなにかからないと彼は言っていた。一日二食分にしても、折半すれば一万でおつりが出ると言われ、そんなものなのかと津守は考える。

（すげーな、自炊って）

午後四時頃になるとようやく日が傾き始め、昼間の暑さが和らいできて、津守は仕事の手を止める。喉の渇きをおぼえて台所に行くと、買ってきた食材の小分けが終わり、冷蔵庫にしまっていた節と目が合った。

「何？」

「いや、喉渇いて」

冷蔵庫から五百の水のペットボトルを出し、キャップを開ける。半分ほど飲み、残りはしまおうとしたとき、ちょうど振り向いて冷蔵庫を開けようとした節と身体が触れ合った。

「あ、ごめ……」

言いかけた節の頬が、パッと赤らむ。彼は慌てて背を向けて何気ないふうを装ったが、あからさまに自分を意識しているその様子を見て、津守の中で唐突にスイッチが入った。

――この家で同居を始めた当初、節はかなり警戒していた。そのくせときおり自分をじっと見つめていたり、そばに行ったときじわりと顔を赤らめるのに、津守は気づいていた。

おそらく初めて抱かれたときのことを思い出し、自分を意識してしまっているのだろう。

そんな初心な相手とこれ以上接触を持ち、面倒なことになるのはごめんだと考えていたのに、気づけば津守は目の前にある節の首筋に食指が動き、ついべろりと舐めていた。

「……っ……な……っ！」

跳び上がって驚き、首を押さえて振り返った節の顔は、真っ赤になっていた。それを見下ろし、津守は言った。

「――意識しすぎだ、お前。そんなあからさまにどぎまぎして、赤くなったり青くなったりしてたら、『手ぇ出してください』って言ってんのと一緒だぞ」

「そ、そんなわけな……っ」

慌てふためく節を引き寄せ、津守は強引に口づける。シンクに身体を押しつけて口腔に舌をねじ込むと、節の身体はビクリと震えた。絡ませて吸い上げ、歯列をなぞる動きに、経験の浅い身体はすぐ音を上げる。

「ん……っ」

ぬるりと舌を絡め、力が抜けたところをさらに深く探ると、節は喉奥からくぐもった呻きを漏らした。

涙目になった顔は、津守の嗜虐心をそそる。唇を離し、手首をつかんで台所を出た津守に、節は後ろから戸惑ったように呼びかけてきた。

「つ、津守さん、あの……っ」

「台所でヤる趣味はない。それともあそこでされるのがよかったか？」

節は「や、ヤるって」と言ったきり、言葉に詰まる。津守は構わず、そのまま節を連れて階段を上った。二階は部屋が四つと納戸になっていて、一番奥の私室に節を連れ込む。

——敷きっ放しの布団に押し倒し、乗り上げて首筋に舌を這わせた。Tシャツの下の肉は薄く、若木のようにしなやかな身体は些細な愛撫でも反応して、なかなか開発しがいがあると津守は頭の隅で考える。

「はっ……津守さん、ちょ、待っ……」

捲り上げたTシャツの下、親指で小さな乳首に触れると、ビクリと身体がわなないた。節が一気に顔を赤らめ、そういえば前回もここの反応はよかったなと思いながら、津守は淡い尖りに舌を這わせる。

「ひゃ……ぁ、や……っ」

すぐに立ち上がった先端は小さいのにひどく敏感らしく、吸っても舐めても反応が返ってきた。歯を立てると身体が震え、自分の下の節の下半身が反応したのに津守は気づく。節に自分の腰を押しつけ、津守は小ぶりな尻の肉をつかむとゆっくり揉んだ。途端にぎゅっと身体が緊張し、節は津守を押し退けようともがく。

「や、やめろってば……っ」

構わず尻を揉み、津守は布越しに肉の狭間に触れる。密着した節の性器が跳ねるように反応し、思わず小さく笑いが漏れた。

「元気だな。……あれから抜いてないのか？」

「っ……」

既に兆している自身をわざと押しつけてやると、節は目に涙を浮かべる。その表情に煽られながら、彼の穿いていたズボンを下着ごと引きずり下ろし、うつ伏せにした。

「や、やめ……っ」

後ろから覆い被さり、Tシャツを捲った背中に口づけて、津守は節の性器を握る。手でしごかれた節は、すぐに「あっ」と色めいた声を漏らした。肩甲骨を甘噛みし、首筋や耳の後ろを舐めると、手の中の屹立がビクビクと震える。

硬くなった幹を擦り、くびれを刺激した。亀頭の丸みを撫で、鈴口に指をめり込ませてやるだけで、手の中のものは面白いほどの反応を返す。さほどかからずに呆気なく達した節は、息を乱して布団に崩れ落ちた。津守は立ち上がり、ローションを取ってきて自らもTシャツを脱ぐ。節の後孔にぬめる液を垂らし、指で中を探った。

「ふぅっ、んっ」

ぬるりと指をのみ込んだそこは、入り口を震わせ、締めつけてきた。節が涙目で津守を見て、ささやくように言った。

「津守さん……津守さんって、あの……」

「黙ってろ」

「……ぁ……っ……でも……っ！」

「――安心しろ。こんな行為に意味なんかねぇよ」

何か聞きたげな節を押さえ込み、津守は言った。

「マスターベーションと同じだ。……ただの欲求不満の解消だと思えば、その気になるだろ?」

＊＊＊

「うっ……ぁ、は……っ」

日が落ちて薄暗くなってきた室内に、荒い息遣いが響く。後ろから節を犯しつつ、室内にわだかまる昼の暑さの名残にじわりと汗ばみ、津守はその背中を見下ろした。

「つあ……っ」

根元まで受け入れさせられ、深いところを突かれた節が、引き攣った声を上げる。そのまま腰をつかみ、速いピッチで何度も奥を穿つと、彼は「あ、あ」と声を漏らしてシーツを強く握り締めた。津守はときおり律動の速度を緩め、ことさらゆっくりと隘路を行き来する。狭い内壁を擦り立て、先端をいいところに当ててやると中がわななき、節が確かに感じていることを伝えてきた。

(そうだ、……意味なんかない)

節を揺らしながら、津守は思う。

刹那的な快楽だ。たまたま近くに抱ける相手がいるから、手を出しただけ——そこに面倒臭い感情やプロセスは、必要ない。互いに気持ちよければ、それでいいと思う。

快感で勃ち上がっているのに内側の刺激だけでは達けないらしく、節はもどかしげに腰を揺らす。津守は動きを止めずに問いかけた。

「……達きたいか？」

「……っ」

うなずく節の性器を握ってやり、背中に覆い被さると、津守は律動と同じリズムで手を動かす。深く腰を入れて速度を上げるのに合わせ、節の嬌声が次第に切羽詰まったものになった。

「はっ、ぁ、あ、ぁ……っ」

手の中の性器が爆ぜて白濁を吐き出すのと同時に、津守は腰を強く押しつけ、自身も最奥で放った。

「……っ……」

温かい内壁に締めつけられながら、薄い膜越しに熱を吐き出す。わななく内部は搾り取るように蠕動《ぜんどう》して、津守を楽しませた。充足感と心地よさに息を吐き、津守は身体の力を抜きながら、汗ばんだ節の首筋に顔を埋めた。

＊4

——土曜は結局二回もヤられてしまい、疲労困憊の節は、そのまま津守の布団で眠ってしまった。

(手加減くらいしろっての、好き放題ガンガン動きやがって……！)

不本意な節には全く構わず、それから津守は遠慮をしなくなった。同じ布団で目が覚めた日曜はそのまま朝から一回ヤられ、立て続けに風呂場でも素股をさせられた。夕食後も居間で突然畳の上に押し倒されて、煌々と点いた電気の下で好きにされたのは、節にとって非常に羞恥を感じることだった。

祝日だった月曜の夜も抵抗したのに軽くいなされ、結局畳の上で抱かれてグズグズにされた。毛羽立った古い畳のチクチクとしたささくれを背中に感じながら、節は少しだけ開いた窓をぼんやりと見やった。

(暑……)

ムッとした夏の夜の蒸れた空気が、肌にまとわりつくようだった。窓の外から聞こえる虫の声、津守が仕事で使う漆の匂いは、与えられる熱と相まって、節の感覚を否応なく刺激する。

「……っ……ぁ、っ」

津守の身体はいつ見ても締まっていて男っぽく、目に入った節は揺らされながらじわりと頬を染める。挿れられた屹立を思わず締めつけてしまい、途端に身体の芯をじんとした愉悦が走った。

――なし崩しに始まってしまったこの関係に名前をつけるとしたら、それは一体何なのだろう。回を重ねるごとに身体は徐々に津守に馴染んできていて、節はそれにひどく戸惑いをおぼえていた。荒っぽい触れ方をするくせに、津守は決して節の身体に傷はつけない。意外にも彼は自分の快楽だけを優先せず、必ず節も感じるようなやり方で抱いた。

翌朝、会社に向かう車の中で節は考える。――拒めないのは、だからなのか。荒っぽく扱っているようでいて、その奥に自分に対するほんの少しの気遣いを感じるから……きっぱり津守を拒否できないのかもしれない。

(何やってんだ、俺……あの噂が嫌で、わざわざこんな田舎まで逃げて来たはずなのに)

津守は一体どういうつもりで自分に触れるのだろう、と節は考える。恋愛感情などではないことは確かだ。自分たちは出会ってまだ日が浅く、おそらくたまたまヤれそうな相手がそこにいるからという、その程度の理由しかないに違いない。それなのに気づけば津守のことばかり考えているのは、彼が自分の初めての相手だからだろうか。――それとも抱き合う行為に、快感があるからか。

(馬鹿だな、俺。……身体に引きずられて意識するなんて、余りにもチョロすぎだろ……)

じわりと頬が赤らむ。しかしその一方で、恋愛関係でもないのに抱き合う現状に、節は心理的にひどく抵抗感を抱いていた。他の人間はどうなのかはわからないが、少なくとも自分にとってはイレギュラーな行為だ。確かに恋愛感情を抱くのは女性ではなく男性に対してだが、ここに引っ越してきたときは、誰かとこんな関係になることは望んでいなかった。

——恋愛じゃないのなら、できれば津守と抱き合うのはやめたい。そうでなければ自分は、きっとその先を期待してしまう。

(あと……四日か)

四日経てば畳が入り、自分の家に戻れる。元々日中は仕事で、夜に帰ってくるだけの生活だ。気をつければその後、津守との接触を減らすことはできるはずだと節は考えた。

津守の家にいる間は逃げ場がなく、抵抗を巧みに押さえ込まれて、結局抱かれてしまう。心は納得していないはずなのに、それでも感じる自分が、節は情けなかった。

(俺はあの人との関係を、望んでるわけじゃない。あの人が勝手に……強引にやってるだけなんだから)

決して恋愛感情などではないはずだ。そう思いながらもモヤモヤする自分がわからず、節はため息を押し殺した。

＊＊＊

「えっ？　支店から人が来るんですか？」

驚いて問い返した節に、宇田川が答えた。

「うん、そう。明豊《めいほう》レンテムさんが、少し離れたところからこっちに営業所を移転してくることになったんだけど……樋口くんは知ってる？　明豊さん」

「はい。支店の大口の顧客だったので……自分の担当じゃなくても、名前だけは」

明豊レンテムは、全国に百近い営業所を持つ大きな会社だ。建設機械や、建設現場の周辺設備のレンタル事業をしている会社で、以前の職場ではかなり上位の顧客だった。

「明豊さん、アグリ事業もやっててね。うちとも農業機械のレンタル部門で、つきあいがあるんだけど」

営業所の移転に当たり、それに伴う設備増強の商談をするため、政令指定都市にある東支店から営業マンが来るという。節のいる事務所は、農業機械をメインに扱いつつ建設機械も一部取り扱っていて、明豊レンテムとの商談は本来、エリア的に近いこちらのもののはずだった。しかし支店のほうから「建設機械の商談はうちに任せてくれないか」という打診があり、子会社であるこの営業所は、その申し出をのんだらしい。

「以前はともかく、今のうちには建機の知識のある樋口くんがいるから、本来支店がしゃしゃり出てくる話じゃないんだけどね。でも恥ずかしい話、営業二課の槇田《まきた》部長の押しの強さに断りきれなくて——だから気を悪くしないでほしいんだけど」

「あっ、いえ、全然」

理不尽な要求だが、支店との力関係で譲らざるをえない状況なのだと、宇田川は謝る。うまくいけばかなり高額の契約が見込めるため、わざわざ地方に出張ってきてでも美味い汁を吸いたいというのが、支店の本音なのだろう。今日これからやってくる営業担当者は数日間の予定でこちらに滞在するため、事務所がサポートに回るのだと宇田川は言った。

(……東支店って、俺がいた支店の隣だ)

かつて南支店にいた節は、ドキリとする。これから来る人間がかつてはごく近い支店にいたと聞くと、自分の噂を知っているかもしれないと思い、落ち着かない気持ちになった。

——かくしてその日、昼頃やってきた鷺沢《さぎさわ》という営業マンは、三十歳くらいの男だった。背は一七〇センチ後半で、スーツの似合う笑顔の爽やかな鷺沢は、「お世話になります」

と挨拶をした。

「なるべく日数をかけずに、商談をまとめたいと思っています。よろしくお願いします」

とりあえず明豊レンテムとの過去の取引データが見たいと言われ、事務の柏木が対応しようとする。しかしそこで電話が入ったため、「樋口くん、お願いしていい？」とお鉢が回ってきた。

「あ、はい」

キャビネットからファイルを探し、鷺沢に渡す。鷺沢はニッコリ笑い、「ありがとう」と言って受け取った。

「へえ、ホイールローダはうちの製品、これまで大小四台売ってるのか」

「明豊さんは他にもモリタやオザキ、大久保重工業の重機も数台保有していますが、シェア的にはうちのメーカーがトップを占めています」

他にもバケットやブレードなどのアタッチメントは随時発注があり、直近の取引は三ヵ月前だと節が告げると、鷺沢はじっと見つめてきた。

「何だか建機に詳しそうだけど……君はここの建機の担当か何か？」

「あ、はい。でも、まだそこまでいってないっていうか……あの」

——所長の宇田川は節に建設機械の営業を任せるつもりらしいが、まだここに来て日が浅く、それらしい仕事はひとつもしていない。明豊レンテムに関しては、鷺沢が来ると聞いて先ほど自分で少し調べたため、たまたま答えることができただけだった。

「実は俺、元々支店の営業だったんです。出向で今月この営業所に来て、一応ここでは建機の担当ってことになってるんですが、まだ日常の仕事を覚えるのに精一杯で、そこまでいってなくて」

ここは農業機械メインのため、建設機械に関わる仕事はイレギュラーなのだと説明しながら、節は「元支店の営業」というフレーズを出してしまったことに、ヒヤリとしていた。

——自分が「同性愛者だ」という噂を広めた柿本は、顔が広かった。もし鷺沢が噂を知っていたら、そしてこの事務所の人間にそれを話したら——そう思うと節の胃は、ぎゅっと痛くなる。

しかし鷺沢は何も気づいた様子はなく、むしろ申し訳なさそうに表情を曇らせて言った。

「何だ、そうか。じゃあ君には、かえって悪いことをしたなあ。君という営業がいるなら明豊さんの新規の発注は、本来この営業所が取るのが筋だし……どうせうちの槇田部長が、ゴリ押ししたんだろう？」

そう聞いていたが、節は曖昧に微笑む。ゴリ押ししたのが営業部長でも、派遣されてきた鷺沢が悪いわけではない。複雑だが、仕方ないかという気持ちになっていた。

その後、鷺沢がプレゼン資料を作りたいというので、節はそれにつきあった。出先から帰ってきた宇田川はそんな光景をしばらく見つめていたが、やがて節をこっそり呼び、

「鷺沢さんのサポートを任せていいかな」と言ってきた。

「樋口くんは建機に精通してて、プレゼン資料を作る手助けも的確なようだし……鷺沢さんに対しては、少し思うところがあるかもしれないけど」

「いえ、全然。大丈夫ですよ。所長や町田さん、岩瀬さんは外回りで忙しいですし、まだ担当の顧客がいない俺が鷺沢さんのサポートに回るのが、一番自然だと思います」

営業としてのプライドを慮《おもんぱか》ってくれる宇田川に、節は笑って首を横に振る。失敗できない大口の契約を、上司や社歴が長い優秀な営業マンに譲るのは、以前の会社でもあったことだ。だから大丈夫だとうなずくと、宇田川はホッとした表情を見せた。これで鼻持ちならない態度をとる営業マンだと節も内心穏やかではないだろうが、鷺沢は社交性があり、誰とでも仲良く話して、支店から来たことを偉ぶるようなそぶりは全くなかった。

「今日は鷺沢さんと親睦を図る意味を込めて、飲み会を開こうと思うんだ。樋口くん、予定大丈夫？」

「あ、……はい」

近くの居酒屋でやると言われ、節はチラリと津守のことを考える。

（津守さんのメシ、作れないけど……大丈夫かな）

これまでは飲み会といえば節がここに来たときだけで、以前と違い、顧客と飲みに行くというのもない。食費を預かっているのに津守の食事を作れないという事態に、節は罪悪感を抱く。

（何時に終わるだろう……帰ってまだ津守さんが食ってないって言ったら、何か作るか）

電話なりメールなりで津守に連絡できればいいが、節はどちらも知らない。一緒に住んでいるのに、そしてセックスまでしているのに、津守のことはほとんど何も知らないということに、節は唐突に気づいた。

（……あの人、俺に何も聞いてこないんだよな）

出会った初日に、出身と年齢を聞かれただけだ。仕事は営業だと何となくわかっているだろうが、意外にも希薄な関係に、節の心がシクリとうずいた。

——別に今以上の関係を、望んでいるわけではない。それどころか早く同居を解消したいと考えているのに、軽い失望に似た気持ちを抱く自分に、節は困惑していた。

＊＊＊

「津守さん、俺、今日も帰りが遅くなるかも」

木曜の朝、居間のテーブルに味噌汁とご飯を並べながら節がそう言うと、シャワー上がりで濡れ髪の津守は、髪を拭きつつ「ふーん」と答えた。

今日の朝食は鮭のハラス焼きにれんこんの塩きんぴら、とろろにめかぶを載せてダシ醤油をかけたものと、小松菜と桜えびのごま和えだ。朝にしては何となく品数が多いのは、この二日ほど夕食を作れていないためだった。

火曜に支店から鷺沢がやってきて以来、節は彼に言われるまま取引先の資料を揃えたり、商談に同行したりと、アシスタントのようなポジションで仕事をしていた。鷺沢は快活で、節は一緒にいて、仕事の面ではさほどストレスを感じなかった。

(でも……)

一緒にいる時間が多い分、鷺沢とはだいぶ打ち解けたものの、問題は終業後だった。会社から車で七、八分の、小さな繁華街にある旅館に宿泊している鷺沢は、夜に一人で食事をするのがつまらないと言って、節を誘ってきた。

『宿に戻っても寝るだけだからな。樋口も一人暮らしなら、飯くらいつきあってくれてもいいだろ?』

一人暮らしじゃない——といっても説明が面倒なので、節は曖昧に微笑んだ。それがいけなかったのか、まんまと居酒屋につきあわされ、昨夜は帰ってきたのが夜九時を過ぎていた。

れんこんのきんぴらを口に放り込みながら、節はチラリと津守を見やる。この二日、夕食を作っていないのだが、急に帰りが遅くなった節に津守は何も言わなかった。飲み会の日、彼の食事の心配をしつつ帰宅し、焦りながら連絡できずに遅くなったことを詫びると、「適当に食った」と返され、節は申し訳なくなった。

（そりゃ、子どもじゃないんだし、自分で何とかできるんだろうけどさ……）

節は自分が感じるモヤモヤについて考える。もう一度様子を窺うと、まだ湿った髪の津守は黙々と食事をかき込み、その顔からは何の感情も読み取ることはできなかった。

「支店から来た人、鷺沢さんっていうんだけどさ。去年はエリアで業績トップの、すごい人なんだ」

茄子と油揚げの味噌汁に口をつけ、節は何気なく切り出す。節がかつていた南支店の隣、東支店に在籍する鷺沢は、既存の顧客のみならず、独自の人脈で新規の中小企業の設備投資に関する情報を得て、かなり大口の契約を次々に成功させてきたやり手の営業だという。

「今回のうちの件みたいに、どこそこの企業が新しく営業所出すとか、どっかの土建屋が重機の買い替えを予定してるとか、そういう情報をくれる人脈が、あちこちにあるんだって。地方に行くたびに顔つなぎして、そのとき関係ない企業にも積極的に挨拶に行ってるおかげらしいんだけど」

明豊レンテムに商談に行った帰り、鷺沢に近隣の他の重機を扱う企業に挨拶回りをしたいと言われ、節はそれにつきあった。いわゆる飛び込み営業というものだが、鷺沢は訪問先に丁寧に挨拶したあと、三十分ほどかけて熱心に話をしていて、節は感心してしまった。

「何ていうか、門前払いされないための言い回しとか、話を途切れさせない話術とかもそうなんだけど……さりげなく相手の要望を聞き出すやり方とか、さすがトップの営業マンだなーって感じがしてさ。都会で大きい企業を相手にするのが慣れてる人なのに、こんな地方の小さい企業相手でも、全く手を抜いてなくて。ああいう人を間近で見ると、俺なんか全然まだまだだなって、思ったりするんだ」

「……ふうん」

節の話を聞きながら、津守は淡々と咀嚼する。聞かれてもいないのに鷺沢のことをベラベラと話したものの、彼のどうでもよさそうな態度を見て、節はひそかに落胆した。

(やっぱり津守さんは……俺自身に興味はないんだよな)

——津守に対して抱えているモヤモヤの正体に、節は気づいてしまった。

自分はきっと、津守がこちらに対して頑なに無関心なのが、寂しいのだ。強引に引き寄せて抱く肌は熱く、触れる手は熱っぽいのに、彼はそれ以上の関心は示さず、己のことも全く語らない。

(……津守さんが何考えてるか、全然わかんねえ)

無愛想で突き放すような態度をとるのに、困った自分を見捨てずに居候させる。そのくせこちらにはまるで興味がないように必要最低限しか話しかけてこず、彼は抱きたいときだけ手を伸ばしてくる。

(そういえば、『こんな行為に意味なんかない』って、言ってたっけ……)

思い出し、ふいにストンと腑に落ちた。

簡単な話だ。津守は自分とヤれれば、それだけでいいのだ。あくまでも彼にとって自分が「都合のいい相手」というのは、節には最初からわかっていたはずだった。マスターベーションと同じなのだと、ただの欲求不満の解消だと言ったのだから、彼は初めから自分とどうこうなるつもりはなかった。

(馬鹿みたいだ、俺。……ヤるだけの相手なのに、意識したりして)

——こんなふうに苦しい気持ちになるのは、津守が冷たいばかりではないからだろうか。

態度はぶっきらぼうなくせに、彼は節が作った料理を残さず食べる。面倒臭そうな顔をしながらも仕事の工程について丁寧に説明し、そばで見るのも許してくれた。そうやってときおりガードを緩めるような態度をとるから、節は期待してしまう。その先の気持ちの繋がりを期待して、そしてまた突き放されて……がっかりする。

（この家から、早く出たいな……）

早く津守との距離ができればいい、と節は考えた。こうして同じ家に住み、毎日顔を合わせているのが、おそらくいけない。畳が入る明後日の土曜には、自宅に帰れる。たった百メートルしか離れていなくても生活を別にして、たまにしか外で会わなくなれば――そうすればきっとこんな気持ちも、自然とトーンダウンするに違いない。

「――……」

……そのはずだ、と思おうとしながら節は茶碗を置き、漏れそうになるため息を押し殺した。

＊＊＊

一方的に仕事の話をしていたかと思うと急に黙り込み、その後は黙々と食事をしていた節が、「ごっそーさん」という津守の言葉で顔を上げた。チラリと時計を見た節は七時四十五分を過ぎているのに気づいたらしく、慌てたように残りのご飯をかき込むと、自分と津守の食器を重ねて片づけ出す。

それを眺めながら煙草に火を点け、津守は考えた。

（……やっぱ同じ都会の人間同士、話が合うんだろうな）

それとも同じ、営業職だからか。やり手の鷺沢とやらを、節が素直にリスペクトしているのが話から伝わってきて、津守はそんな感想を抱く。

支店からやってきた営業のサポート業務をしているという節は、二日連続で帰りが遅かった。一昨日、それまで午後七時には帰っていた節が八時半を過ぎても帰らず、津守は「何かあったのか」と気になっていた。九時を過ぎて帰ってきた節から、急な飲み会だったと聞いて納得がいったものの、彼を心配していた自分に気づいた津守は、居心地の悪さを味わっていた。

（……らしくない）

お盆に食器を載せ、居間を出て行く節の背中を見送り、津守は煙草の煙を吐く。

最初は長く空き家だった離れに節が引っ越してきたことに、困惑していた。しかしなし崩しに関係を持ち、困っているのを無視できずに一緒に生活するようになって、いつしか軽く情が移ってしまったらしい。

――そう、すべてが「なし崩し」だと、煙草のフィルターを噛みながら津守は思う。うっかり軽い気持ちで手を出し、面倒なことになる前に距離を置こうとしていたのに、気づけば家に居候させ、関係を継続していた。

本来、津守は自分のテリトリーに誰も入れたくないタイプだ。自分のペースを崩されるのが何よりも嫌いで、相手に合わせようという気が全くない。そうした自分の態度に、おそらく節はすぐに嫌気が差すだろうと考えていたのに、意外にも同居生活はそこそこうまくいっていた。節が居候するようになってから、台所や洗面所、風呂やトイレなどは、いつもきれいに保たれている。物が溢れていた室内もそれとなく片づけられていて、津守の暮らしの快適性は上がった。

メシを作れ、と言ったものの、実は津守は厳密にそれを求めていなかった。同居を渋っていた節に思いつきで出した交換条件で、本当についでいいと考えていた。だからこの二日間、帰りが遅くなって食事が作れなくても、節が思うほど気にしてはいない。

（……悪くないんだよな）

――家に誰かがいることが、悪くない。そんな感情は、津守にとってひどく意外なものだった。津守は世間一般の人間に比べ、相当偏屈な性格の自分を自覚している。誰かと話すこともわずらわしいし、同じ空間に長くいると疲れる。話しかけられたり、近くに気配がするだけで苛々するはずなのに、なぜか節はそれほど気にならない。

（……何でだろう）

津守は理由を考える。――節とは身体の相性がいい。すんなりと細身の身体は清潔感があり、体臭がほとんどないのも、感度がいいのも気に入っていた。おまけに泣き顔がそそり、抱くたびについ苛めたくなる。家事能力が高く、飯もそこそこ美味い。性格は素直で、好奇心が旺盛ながら、ズケズケと踏み込んでこない節度をわきまえている。

（ああ、……それか）

節の自分に対する距離感は、「人には触れられたくない部分がある」ことをわかっている人間のものだ。おそらくは節自身、そういった部分を抱えていて――だから津守が話さないかぎり、過剰に聞いたり踏み込もうとしない。それは津守にとっても、ちょうどいい距離感だった。

理由がわかれば、節に対する心理的な垣根が、少し下がったような気がする。しかし自分がたやすく懐柔されてしまったような、ほだされてしまったような感じが否めず、津守は苦々しい気持ちになった。

（……畳が入るのは、明後日だっけか）

あと二日で、この同居生活も解消になる。たった百メートル、その距離でも、寝起きが別になれば接点も減るだろう。

別に今の生活に執着しているわけではない。以前に戻るだけだと思いつつ、何となく物足りないような気持ちを感じる自分を持て余し、津守は紫煙を吐き出した。

＊＊＊

それから二日後の土曜、最高気温三一度という、うだるような暑さの中で工務店がやってきて、節の家には新しい畳が入った。正直痛い出費だったが、自業自得なので仕方ない。これに懲《こ》りて、洗濯が終わったあとは必ず給水の蛇口を締めようと節は心に誓う。濡れた古い畳は工務店がサービスで引き取ってくれ、助かった。

（……すげー、全然違う部屋みたい）

青々とした畳は見慣れないせいか、自分の家なのに落ち着かない。「ついでだから」と言って箪笥を移動させるのを手伝ってくれた管理会社の人間が帰っていき、しばらくして津守がやってきた。

「へえ。新しい匂いがするな」

戸口から室内を覗いた津守に、節は言った。

「……津守さん家《ち》も、畳替えたら？　全部ブヨブヨじゃん、毛羽立っててチクチクするし、服に畳のカスがつくし」

「まだ使えるものに、金を出す気はねーよ」

確かに津守の家は大きいし、すべての部屋の畳を替えるとなると、とんでもない金額がかかりそうだ。そう思いながら、節は彼にお礼を言った。

「津守さん、あの……今まで居候させてくれて、ありがとう。すごく助かった」

「いいよ、別に」

短く答え、津守は自宅に戻っていく。あっさりした彼のその態度に、節の心はシクリとうずいた。早くここに戻りたいと思っていたのに、今は何だか自分の部屋が、よそよそしく感じる。

（あ、……そっか）

この地に引っ越してきて一ヵ月近くが経つが、この部屋で過ごした時間より、津守の家にいたほうが長かった。今となっては、津守との同居もそう悪くなかったような気がするから不思議だ。蒸し暑く、どこもかしこも雑然として古めかしい家だったが、毎晩彼の仕事を眺めるのが、節は好きだった。

（……すごいんだよな、津守さんの仕事って）

沈金という伝統工芸は津守に会って初めて知ったが、彼の作品の意匠は本当にすばらしい。個展用に作ったというものは特にそれが顕著で、あの繊細で絢爛な作品が小さな刀で削り出された彫刻なのだということが、今も信じられない。

――「秋彼岸」というタイトルの硯《すずり》箱は、金と銀の蜻蛉《かげろう》が散らされ、余白まで計算されたバランスが秀逸だった。茶道具の棗《なつめ》の「夕顔」は、葉やツルの美しさもさることながら、象嵌《ぞうがん》された薄青い花の色が印象的で、思わず見惚れた。他にも文庫と呼ばれる手紙箱や額装されたパネルなど、ため息が出るような作品ばかりで、収納してある部屋をすぐ津守に閉め切られてしまったのが、今も残念でならない。

津守の家に行って二階の私物をまとめた節は、ふと気づいて、彼から預かっていた食費を清算した。直売で買ったものも多かったため、レシートがないのもあったが、ざっくり計算して一万ちょっとのおつりを返すと、津守は「へえ、ずいぶん余ったな」と言った。

「返さなくていい。手間賃として取っとけ」

「えっ、いいよ。いくら何でも多すぎる」

無理やり押しつけておつりを返した節は、冷蔵庫の中身をどうするか聞く。

「食材、まだ余ってるのがあるんだけど。野菜とか冷凍の肉とか」

「お前が使えよ。どうせ俺は料理しないし」

「……そうだよね」

何だかんだで大荷物になってしまったのを、自宅まで運ぶ。台所にひしめいていた細かい荷物の移動をし、片づけをして暇になった節は、真新しい畳にゴロリと横になった。い草の匂いが、新鮮に感じる。開け放した窓からは、湿度を孕んだぬるい風が吹き込んできていた。カーテンの隙間からチラチラと入り込む、強い日差しがまぶしい。じりじりという蝉の鳴き声がうるさく、ときおり国道を行く車の音が、かすかに聞こえた。

（……あー、すげえ。夏って感じの音がする……）

蝉だけではなく、家の周囲からは何かの虫の声もした。風が吹くと、家の裏手に広がる牧草地と津守の家の裏の防風林が一斉にそよぎ、ざあっとさざめくような音を立てて、しかしそれ以外はひどく静かだった。

（暑……）

扇風機を点けずにいるとじんわり汗がにじみ、それでも構わず夏の音に耳を澄ませる。都会にいたときは感じたことのない、生々しい季節感を肌で味わいながら、節はぼんやりと虚空を見つめた。一人になると、途端にどこか寄る辺のないような、心細いような気持ちがこみ上げて、我ながらおかしいと思う。まるでこの土地に初めて来たときに戻ってしまったように、こんなに明るいのに寂しくて、孤独で——誰かにそばにいてほしいと思いつつ、誰もいないことがわかっている……そんな諦めにも似た感情が、胸にあった。

（……駄目だ、俺。ぼーっとしてたら、考えなくていいことまで考える）

節は起き上がると、出掛ける準備を始めた。スーパーに行ったあと、隣町まで行ってDVDでも借りようと思う。何か気を紛らせるものを調達したほうが、きっと余計なことは考えないだろう。

エアコンを効かせた車で十分ほど走ると、町の中心部に出た。といっても、メインストリートは車で通ると五分とかからず終わってしまう、本当にささやかな規模だ。そんな狭い中心部に、なぜか肉屋と文房具屋はそれぞれ二つずつある。スーパーは小規模なものがひとつで、コンビニとクリーニング屋もその左右に建っていた。居酒屋は二軒あり、他に「名水ラーメン」というラーメン屋が一軒、スナックなどが入った雑居ビルが一棟、あとは金物屋や布団店があるだけの、鄙《ひな》びた小さな町だ。本屋やレンタルビデオショップはないため、隣町まで足を延ばすしかない。

車で三十分ほどかけて隣町まで行き、集めているマンガの新刊を本屋で買ったあと、DVDも三本ほど借りた。CDショップで新譜のアルバムの試聴をし、その後、スーパーで飲み物や特売の鯛のアラを買い込んだ節は、帰宅する。午後三時を過ぎても外はまだムッとした熱気に包まれていて、気温がほとんど下がっていない。家の中もひどく蒸し暑かった。

（今日は何作ろうかな……暑いからさっぱりしたのがいいか）

扇風機をガンガンかけながら、料理に取り掛かった。

手羽元を解凍し、酢を入れたさっぱり味の煮物にする。半熟の茹で卵は仕上げに少し煮る程度にし、先に茹でて殻をむいておいた。鯛のアラは塩を振って冷蔵庫に二十分ほど置いたあと、熱湯をかけて臭みを抜き、酒蒸しにする間に上に載せる大量の白髪葱《ねぎ》を作る。

（あ、ついでに葱メンマも作っちゃえ）

買ったままになっていたメンマの袋を開け、葱と合わせて、ごま油と塩で調味する。あとはきゅうりと茄子を薄く切り、塩揉みして醤油と白ごま、鰹節をかけたら完成だった。

出来上がってみると、すべてが酒に合いそうなメニューになってしまった。ご飯はあと少しで炊き上がる予定で、先に汗を流すため、シャワーを浴びる。

風呂上がり、濡れ髪を拭きながら窓辺に立って外を眺めると、津守が住む母屋が見えた。彼があそこで黙々と仕事をしている姿が目に浮かび、節は複雑になる。――離れれば物理的にも、心理的にも距離を置けるようになると思っていたのに、まるで逆だ。姿が見えない分、余計に気になってしまい、そわそわと気持ちが落ち着かない。

（……あー、もう）

しばらく悶々とし、午後五時半、節は意を決して津守の家の引き戸を少し乱暴に叩いた。

しばらくすると、来たのが節だとわかっていたらしい津守が、面倒臭そうな顔で出てくる。

「……何だよ、忘れ物か？　勝手に入って持ってけ」

「——ご飯、作りすぎたから津守さんも食べる？」

節の言葉に津守はわずかに目を瞠り、しばらく沈黙したあと答えた。

「…………、別にもう作んなくてもいいんだぞ。同居は終わったんだし」

「だから！　作りすぎただけ！　本当にただのついでだから！」

顔を赤らめて力説する節を、津守はじっと見つめてくる。その視線にいたたまれず、節は早口で言った。

「そもそも折半で買った食材、まだ残ってたし。俺、ここ三日くらい夜はご飯作れなかったし——だから」

決して他意はなく、あくまでも「義理とついで」なのだと言うと、津守は軽く噴き出した。

「——そこまで言うなら、しょうがねーな。余ってるなら食ってやるよ」

「…………」

（あ、笑った……）

ごくたまにしか見せないが、津守の笑顔は節をドキリとさせる。彼の持つ鋭い雰囲気が格段に和らぎ、不意打ちのようにこんな顔を見せるのは反則だと、節は内心悔しくなった。

「今日の飯、何?」

「手羽元と茹で卵の煮物。それに鯛のアラの酒蒸しと葱メンマ、きゅうりと茄子の塩揉み……あと、玉葱の味噌汁と、ご飯もある」

「ふーん。じゃあ飲むか」

「まだ五時半だよ。仕事は?」

「今日はもういい」

――結局、お互いに別々の家に暮らしながらも、何となく今までと変わらないような関係に落ち着いた気がする。躍起になって彼と距離を取らなくてもいいのかもしれないと、節は考えた。

……そしてそんな流れになったことに、どこかホッとしていた。

＊5

こちらの営業所に出向してきて一ヵ月近く経ち、節はだいぶ新しい職場に慣れてきた。先週に引き続き、会社では相変わらず鷺沢のアシスタントをしていた節は、ここ数日ささやかな違和感をおぼえている。

(……これは俺の勘違いか？　……いや、でも……)

鷺沢の距離が近い――と感じることが、先週からしばしばあった。パソコンを操作している横から話しかけるとき、資料を説明する手元を覗き込むとき……彼の身体を妙に近く感じる。初めは自分の、考えすぎかと思った。だがその回数が増えるにつれ、節は次第に居心地の悪さをおぼえるようになっていた。

(何だろう……まさか、な)

距離が近いこと以外は、鷺沢の態度は至って普通で、節は混乱する。明豊レンテムに何日も通い続けてようやく商談がまとまり、数台分の重機の契約書を交わして、彼が明日には帰ると聞いたときは、心底ホッとしていた。

「樋口、飲みに行かないか？」

夕方、帰宅しようとしていた節は鷺沢にそう誘われ、返答に詰まる。

「え……っと」

「樋口にはこれまでさんざん世話になったからな。お礼に今日は、俺が奢るから」

今までは鷺沢につきあって居酒屋に行っても、節は頑なに割り勘にしていた。彼がこちらにいた一週間、かなりの頻度で夜もつきあわされた節は外食に食傷気味で、本音では早く家に帰りたかった。

(もうさんざんつきあったんだから、いい加減断ってもいいよな……)

なるべく鷺沢の気分を損ねないよう、節は笑顔でやんわりと言った。

「でも俺、帰りは車ですし……世話になったっていっても仕事でしたことですから、気にしないでください」

「タクシー代なら払うよ。樋口はいつもそうやって酒を飲むの断ってたんだから、最後くらいつきあってくれてもいいだろ?」

気は進まないが強引に押し切られ、やむをえず節は会社に車を置き、鷺沢につきあうことにした。元々あまり酒に強くないし、この町にあるわずかな店は行き尽くしてしまい、若干飽きている。適当に切り上げて、早く帰ろう——そう考えていたのに、鷺沢によって一軒目で、思いのほか飲まされてしまう羽目になった。

「ビールでいいか?」

「あっ、はい」

頼んだジョッキで乾杯し、二口ほど飲んで一息つく。今日も蒸し暑く、冷えたビールは美味く感じたが、鷺沢に「ほら、もっと飲んで」と急かされた。

「はあ……」

かなり早いピッチで一杯目を飲まされ、すぐに次の注文をされる。以前は会社の飲み会や客とのつきあいで、こうして自分のペースじゃない速度で飲まされるのはよくあることだったが、久しぶりの展開で節は困惑した。

(……明日も仕事だし、あんまり酔いたくないんだけどな)

勧められるのを笑ってごまかし、さりげなくペースダウンしつつ、節は当たり障りのない会話に興じる。鷺沢は営業らしく話術が巧みで、話が途切れることはなかった。彼は現在、社内につきあっている彼女がいて、ぼちぼち結婚を考えているらしい。

「つきあって二年経つし、相手も二十七だからな。最近は向こうからもチラチラ匂わせてくるから、まあしょうがないっていうか。樋口は彼女いないのか?」

「あ、大学のときはいたんですけど……就職してすぐ、駄目になっちゃって」

今まで対外的に言い続けてきた嘘をさらりと述べると、鷺沢は「ふうん」と言ってじっと見つめてくる。節は目を伏せ、お通しの蛸《たこ》ときゅうりの酢の物をつついた。――こんな

言い訳も一体いつまで通用するのだろう、という考えがチラリと頭に浮かぶ。ある程度まで
いったら「いる」と言ったほうが、信憑性が増すのだろうか。
ジョッキを二杯ずつ飲んだあとは、鷺沢が焼酎のボトルを入れた。ウーロン茶で割った
ものの、彼の作ってくれるものは相当濃く、節はむせそうになるのを我慢して飲む。
（あー……早く帰りたい）
結局ボトルが空くまで二人で飲む羽目になり、店を出たとき、節はかなりの酔いを感じ
ていた。少し離れたところにタクシーが一台停まっていて、節は「お疲れ様でした」と頭
を下げて帰ろうとしたが、鷺沢に「次の店に行こう」と誘われる。
「まだ飲み足りないから、もう少しつきあってくれよ」
鷺沢は全く酔った様子はなく、確かにまだ飲み足りなそうだ。酒の強さも優秀な営業マ
ンの所以《ゆえん》かと思いつつ、これ以上つきあう気がない節は、角が立たないよう笑って言った。
「鷺沢さん、もう帰りましょうよ。次っていっても俺、店とか全然知らないですし」
小さな繁華街にはいくつかの居酒屋と、スナックなどが入る雑居ビルがあったが、田舎
だけあって数はそう多くない。しかし普段から飲みに出ないため、節に案内できる店はひ
とつもなかった。すると鷺沢は思いがけないことを言い出した。
「なら樋口の家に行きたいな。それなら酔ってもすぐ寝れるし、いいだろ？」

節はぎょっとし、慌てて断った。

「や、あの、全然人を招けるような家じゃないですし。まだ引っ越したばかりで片づいてないっていうか……」

「ああ、今月出向したんだよな。——こっちに」

ふと鷺沢の声色が変わったように思え、節は戸惑う。午後八時半過ぎの往来はあまり人通りがなく、暗い中で雑居ビルのネオンが派手に光っていた。鷺沢は言った。

「来てみたら、本当に田舎で驚いたよ。都会の暮らしに比べたら、ここは退屈で仕方がないんじゃないか？」

「いえ……別に」

「ああ、樋口にとってはここのほうがいいのか。だって誰もあの噂を知らないんだし」

ニッコリ笑って言われた言葉の内容に、節は目を見開いて固まった。鷺沢は人のよさそうな表情を崩さないまま、のんびりと続けた。

「でもこっちでそういう噂を流されるほうが、向こうよりよっぽどダメージでかそうだよなあ。田舎は閉鎖的だし、考えが固そうだし」

「あ……の」

思わず顔が青ざめ、節は「まずい」と思った。笑ってごまかすべきだ。「何の話ですか」

ととぼけるべきだと思うのに、言葉が喉に引っかかって出てこない。心の中には、ヒヤリとした確信があった。

（やっぱり、鷺沢さんは……知ってたんだ）

――節が同性愛者だという、あの「噂」を。それなのに知らないふりをして、なおかつここ数日は思わせぶりな接触を繰り返し、おそらく反応を楽しんでいた。

「俺は柿本と以前同じ支店にいたことがあるから、あいつを知ってるんだ。このあいだ、たまたま営業会議で会う機会があって、そこで樋口のことを聞いてさ」

寝ているときに触られた――と柿本は言ったらしい。可愛い後輩だと思っていたのにそんな指向だとは思わなかった、興味の対象として見られていたことに、裏切られた気分だと。

（裏切られた……）

その言葉は、節の胸に突き刺さる。柿本はあのときの自分の行動をそんなふうに思っていたのだと、初めて知った。

「ここに来てから観察してたら、樋口は見た目あんまりそういうふうには見えないよな。でも清潔感あるし、肌もきれいだし……何となくこれもアリかなっていう気がしてきた」

「えっ？」

鷺沢は一体、何を言っているのだろう。そう思い、節が思わず一歩下がると、彼はその分距離を詰めてくる。鷺沢は笑い、「試してみないか?」と誘いをかけてきた。

「男とはヤったことないけど、樋口を見てるうちに俄然興味が湧いてきたんだ。お前も相手に飢えてるんなら、ちょうどいいだろ」

「な――何言って」

節の頭に、じわりと血が上る。困惑といたたまれなさがない交ぜになった気持ちが、心の中に渦巻いた。

(どうしてこんなこと……言われなきゃなんないんだよ)

こっちの意思はまるで無視した、馬鹿にした言葉だ。まるで相手をしてやるから、ありがたく思えと言わんばかりのそんな鷺沢の言い草に、節の中に怒りの感情が湧く。

(……こっちにも選ぶ権利があるっつーの)

男なら誰とでも寝るとでも思っているなら、勘違いも甚だしい。それでも節はぐっと感情を抑え、鷺沢を見つめて言った。

「……俺、帰ります。お疲れ様でした」

腹は立ったが、事を荒立てても仕方がない。ましてや相手は仕事で繋がりのある男だ。

そう考え、精一杯社会人らしい態度でそう言うと、鷺沢は突然節の腕をつかんできた。

「待てよ。――ここにもいられなくなっていいのか？」

「！」

ドキリとして動きを止めると、鷺沢は節の腕をつかんだ手に力を込めてくる。

「さっきも言ったけど、こんな田舎で噂が広まったら、逃げ場がないよな。また異動するにしても、すぐに人事は動いてくれないかもしれない。それとも会社自体を辞めるか？」

「…………っ」

――鷺沢の言っていることは脅しだ。今自分の言うことを聞かなければ、ここの営業所の人間にすべてをばらすと、そう言っている。

心臓の鼓動が速まり、手のひらにじわりと嫌な汗がにじんだ。何て返したらいいのだろうと考えた瞬間、すぐそばでスマホのカメラのシャッター音がして、節は驚く。

（……えっ？）

「おい、何勝手に撮って――」

カメラが自分たちに向けられていると知った鷺沢が気色ばみ、音のしたほうを振り返る。

節も視線を向け、そこに思わぬ人物を見つけて息をのんだ。

「つ、津守さん……？　何でこんなところに」

「樋口、知り合いなのか？」

鷺沢に問いかけられ、節はうなずく。——普段は家からほとんど出ないはずの津守が、そこにいた。彼はいつものよれたTシャツとデニムではなく、カジュアルなジャケットにシャツという、小ぎれいな恰好をしている。スマホのディスプレイを見ながら、津守は淡々とした口調で言った。

「揉めてるようだから、写真を撮った。……あんた今、こいつのこと脅してたよな」

「……っ、な、何言って」

鷺沢が顔をこわばらせ、津守を見る。彼は平坦な声で続けた。

「音声も先に録音した。……こういうのも一応、セクハラになるのか？　お宅の会社が一体どんな社内コンプライアンスを掲げているのか知らないけど、社歴が上の立場であいうことしたら、パワハラ認定くらいはされそうだ」

鷺沢が動揺し、ぐっと言葉に詰まる。腕をつかんでいた力が緩み、節は急いで鷺沢を振り払った。鷺沢は目まぐるしく何かを考えていたようだったが、自分の不利を悟ったのか、やがてぎこちない表情で顔で節を見る。

「……じょ、冗談に決まってるだろう。ただの悪ふざけだよ。な？　樋口。お前からもそう言ってくれ」

「…………」

節はムッとして鷺沢を睨む。先ほどの彼の言葉は、間違いなく本気だった。そう思いながら無言でいると、津守が言葉を続けた。

「——もしあんたが今後、樋口を誹謗中傷するような話を周囲にばら撒いた場合には、このデータを会社のほうに開示する。その場合、ひょっとしたら名誉毀損もつくかもしれないから、覚えておいたほうがいい」

「……っ……」

鷺沢は津守を睨んだ。一触即発の空気になったものの、彼はすぐ離れたところに停まっていたタクシーの運転手が興味津々でこちらを見ているのに気づき、ぐっと顔を歪めてその場を後にする。

「——……」

鷺沢が泊まっている宿のほうに去っていくのを見送り、節は戸惑いながら津守を見上げた。——まさかこんなところで会うとは思っていなかった。何となく、津守は家に引きこもって常に仕事をしているイメージがある。

「……何でこんなところにいるの？」

節の問いかけに、津守はスマホをしまいながら答えた。

「沈金の実演講座《ワークショップ》の担当者と、打ち合わせがてら飲んでたんだよ」

これまで何度か引き受けている、町の文化部主催の体験講座の担当者に誘われ、津守は飲みに来ていたのだという。

「飲むったって、飲み屋はこの近辺にしかないからな。同じ時間帯なら、会ってもおかしくない」

店から出てきて担当者と別れたところ、津守は道の先にいる節の姿を偶然見つけたらしい。何となく揉めている雰囲気だと思い、近づいた結果がさっきの出来事なのだと彼は言った。

「……音声も録ったって……」

「ああ、ありゃハッタリだ。写真は撮ったけど、音声まで録る暇はなかった。一応釘は刺したし、まあ大丈夫だろ」

車はどうしたと聞かれ、節は今日は飲んでいるので、会社に置いて帰ると答える。津守は「ふーん」と言い、踵を返した。

「じゃあ帰るか」

立ち尽くす節に気づき、彼はチラリと振り返ると「早く来い」と言う。節は戸惑いながら津守のあとを追った。

（……どうしよう）

――押し込められ、走り出したタクシーの中、節は不安に苛まれる。津守のおかげで鷺沢を撃退できたものの、おそらく揉めていた内容で、自分がこの土地に来た理由はばれてしまったに違いない。

（ゲイだって、噂を立てられて……逃げてきたなんて）

ぎゅっと強く拳を握り締める。

実際噂ではなく、真実なのだということが、節を惨めにさせていた。できれば津守には知られたくなかった――そう思い、自宅に帰ったあとに彼と話をするのが憂鬱だったが、金を払ってタクシーから降り立った途端、津守は「じゃあな」と言って、あっさり自宅に帰ってしまう。

（……えっ……）

てっきり話を聞かれると思っていた節は、拍子抜けした。しかしタクシー代を払ってないことに気づき、慌てて声をかける。

「津守さん、タクシー代……」

「いいよ。経費で落ちるし」

「け、経費？」

「個人事業主だからな。今回は打ち合わせで落とせる」

そう言ったきり、津守は振り返らずに自宅に入ると、ぴしゃりと引き戸を閉めてしまった。

(……ほんとに帰っちゃった)

今は話したい気分ではなかったため、正直津守の態度はありがたい。節は自宅の鍵を開け、中に入って電気を点けた。

部屋の中には、昼間の蒸れた熱気がわだかまっている。扇風機を点け、スーツを脱ぎながら、節は「あの噂を知っていた鷺沢は、営業所の人間に自分のことを話すだろうか」と考えた。それとも津守が持っている証拠怖さに、何も言わないだろうか。

(後輩に、セクハラまがいのことをしたって知れたら……出世に関わるだろうし)

結婚も考えていると言っていた鷺沢は、おそらくそこまで危ない橋は渡らないはずだ。そう思い、安堵すると同時に、節は津守のことが気にかかる。

なぜ彼は、自分に何も聞かなかったのだろう。そこまで自分に対して、興味がないからか——それとも、あえて触れずにいてくれたのか。

心がぎゅっとして、形状しがたい気持ちがこみ上げた。もし無関心ではなく、自分への配慮で触れずにいてくれたのなら……だとしたら、一体何だというのだろう。

(俺は……)

湿り気を帯びた夜の空気が、カーテンをかすかに揺らして吹き込んでくる。やけに大きく響く虫の声を聞きながら、節はその夜、いつまでも眠ることができなかった。

＊＊＊

その後、結局津守は鷺沢の一件に触れないまま、日々が過ぎた。

鷺沢は次の日に節が出社したときは既に支社に帰ってしまっていて、その後は何の音沙汰もない。営業所の人間に何かを言った形跡もなく、おそらく津守の脅しが効いているということなのだろうと節は思う。

津守の態度は全く変わらず、節はあの件に関して自分から何も切り出せないまま、何日も過ぎていた。食事は節が作り、津守が二週間ごとに金を払う形で、何となく落ち着いている。チャイムを鳴らさずに彼の家に出入りするのが当たり前になり、台所はすっかり節の城となった。気になったところはその都度片づけているため、家の中は節が居候していたときと同じ程度に、きれいさが保たれている。

「はー、暑ぃ……」

夕食後、津守の家の畳に寝転がり、彼が買ったマンガ週刊誌を読んでいた節は、仕事中の彼に視線を向けた。台所の後片づけが済んだあとは、居間でダラダラと過ごしたり、津守の仕事を眺めたり、ときに抱き合うのが日常になりつつあった。

八月に入ってからは北国とは思えない暑さと湿度が続き、日が暮れても気温が下がらず、熱帯夜が続いている。この家には一階に扇風機が一台しかないため、必然的に津守の近くにいることになり、節が転がっているのは扇風機の風が届く軌道上だった。しかしこう暑いと、たとえ扇風機が回っていても全く涼しさを感じないのが腹立たしい。

節は起き上がると、Tシャツの胸元をバタバタさせながら言った。

「あーもう駄目だ、耐えられない。アイス食うけど、津守さんもいる？」

「いらない」

甘いものが嫌いなのを知りつつ問いかけたため、そういう答えが来るのはわかっていた。台所に向かった節は勝手知ったる冷蔵庫を開け、箱入りのソーダアイスを一本取り出す。ついでに冷えた水のペットボトルも一本出し、居間に戻って背後から津守の首筋にわざと当てた。

「冷てっ、……何だよ」

「水。いらない？」

「……いる」

節は津守の手元をチラリと覗き込む。丸盆を相手にずっと仕事をしていた津守は、椿の花の陰影を彫り込んでいるところだった。

「……すっげー、影もつけられるんだ」

「いろんな彫り方があんだよ。普通の線彫りから、点彫り、片切り彫り……コスリ彫り。先端の形が違う沈金刀で彫る」

「ふーん」

畳に足を投げ出し、アイスを食べながら、節は続けて問いかける。

「津守さんは、何で沈金の職人になろうって思ったの？」

「中学の美術の授業が好きだったんだ。それで専門的に学びたくて、芸大に入って……二年の選択授業で、漆芸を知った」

一年次に基礎的な造形力を学んだあと、二年次では漆芸、陶芸、染織、彫金、鍛金、鋳金の中から三つを選ぶのだという。その実習で漆芸の面白さに目覚めて専攻することを決め、卒業後は工房に修行に入ったのだと津守は言った。

(すごいな……「好き」を突き詰めて仕事にしちゃうんだもんな)

ましてやそれを、展覧会で入選したり、個展を開催するまでに高められたのがすごい。

自分には何ができるだろう、と節は考える。何となく大学に入り、卒業して、内定をも

りになった中で一番条件のいい会社に就職した。だがそれも一年と三ヵ月で逃げ出す羽目にな
り、今は田舎の営業所で畑違いの仕事を覚えるため、悪戦苦闘している。
（あ、……何か落ち込んできた）
――津守を見ていて感じるコンプレックスのようなものは、自分の仕事に自信がないか
らだろうか。
次の日は最高気温が三四度と、今までにない暑さになった。さすがにスーツの上着は脱
ぎ、節はワイシャツの袖を捲り上げて客先の農家に向かう。最近は所長の宇田川に同行す
るのではなく、一人で顧客回りを任せられるようになっていた。
（農家の人は大変だよな……こんなに暑くても、畑仕事は休めないんだし）
大音量で鳴く蝉の声が、ますます暑さを感じさせる。車の外に出た途端、サウナのよう
な猛烈な熱気が全身を包み込み、照りつける太陽ですぐに汗が噴き出した。
（畑に出てるかな？　一応家の中に呼びかけてみるか）
「こんにちはー、タナベ農機の樋口です」
大きな声で呼びかけると、家の中からちょうど休憩中だったらしい老夫婦が出てくる。
「あらあ、ご苦労さん。暑いのに大変だね～」
「いえ、大変なのは天気も関係なく働く、農家さんのほうですから」

外回りをするようになって、節は次第に顧客回りに必要なのはコミュニケーション能力だということを、ひしひしと肌で感じていた。

（どっちかっていうと、雑談のほうが多いんだもんな……）

何気ない雑談の中で、機械の不具合を聞いたり、実際に修理をしたり、新しい機械の販売の糸口を見つけていく。この辺りの農家はだいぶ高齢化が進み、中には気難しい人もいたりと苦労することもあったが、元々年配の人が嫌いではない節は根気よく話につきあい、最近は顔を見せると歓迎されるようになってきていた。

「樋口さん、あんた、ゴーヤ食べるかい？　緑のカーテンを作るために植えたんだけど、できすぎちゃってねえ」

「わ、いいんですか？」

「モロッコいんげんと、トマトもあるよ。持っていきな」

おすすめの調理法などを聞き、袋にいっぱいのお土産を持たされて、節は農家を辞する。

その後二件ほど顧客を回って事務所に戻ると、所長の宇田川に笑われた。

「すごいなあ。樋口くん、またお土産持たされたんだね」

「佐々木《ささき》さんと寺田《てらだ》さん、遠藤《えんどう》さんのところでも、いろいろいただいちゃいました。皆さん、作ってるものが余って困ってるとかで」

今日の戦果をデスクに上げると、事務の柏木が覗き込んでくる。

「わあ、すごい。桃もあるじゃないですか～」

「親戚から送ってきたからって、分けてくれたんです。あとで皆で食べます？」

「えー、いいの～？」

柏木が喜んで冷蔵庫にしまいに行き、節は野菜も皆に分けたほうがいいかと考える。宇田川がニコニコして言った。

「樋口くん、うちの営業に向いてるかもしれないねえ」

「えっ、そうですか？」

「うん。君、年配の人によく可愛がられるでしょ。うちの顧客の農家さんはたいぶ高齢のお宅が多いから、それってすごい強みだよ。素直で一生懸命話を聞くし、きっと孫みたいに思われてるんだろうね。現に樋口くんほどいろいろ貰ってくる営業、うちにはいないし」

「――……」

(向いてる？　……俺が？)

宇田川の言葉は、節にとって意外なものだった。まだまだ新米で、機械の構造もろくにわかっていない。日々勉強していても追いつかず、焦りばかりがあったが、そう言われると現金なもので、じわじわとうれしさがこみ上げてくる。

（……ひょっとして、婆ちゃんっ子だったのがよかったのかな）

亡くなった祖母と同じくらいの年代の人を見ると、節はつい懐きたくなってしまい、長く話をすることが多い。これまでは無駄にも感じ、少し気をつけなければと思っていたが、逆にそういう部分を仕事に生かせればいいのかと、目から鱗《うろこ》が落ちた気がした。馴れ合うために話すのではなく、それをしっかり仕事に繋げていければ、年配受けするというのは宇田川の言うとおり、自分にとって強みになるのかもしれない。

そんなことを考えながら帰宅し、シャワーを浴びてから着替えて津守の家に向かうと、いつもどおり仕事中に見えた彼は、少し様子が違っていた。

（ん？　……何か機嫌悪い？）

節が入ってきたのをチラリと眺め、すぐ手元に視線を落とした津守には、隠し切れない不機嫌さがある。普段から全く愛想のいい男ではないが、むっつりと押し黙るその姿には明らかに「話しかけるな」というオーラが漂っていて、節はそろそろと台所に退散した。

（何だよ、俺、何かしたっけ……？）

考えたが思い当たることはなく、ふとシンクを見た節は、そこに口紅のついたグラスを見つけ、不思議に思う。

（来客？　女の人なんて来るんだ……）

一体誰が来たのだろうという興味が節の中に湧いたが、津守はあのとおり不機嫌全開なオーラを撒き散らしているため、聞けそうにない。津守にも知り合いくらいいるのだろうし、ひょっとしたら保険の勧誘ということも考えられる。なぜあんなにも機嫌が悪いのかはわからないが、こんなときはきっとそっとしておいたほうがいいのだろうと思った。

(ほんと、津守さんて偏屈だよな……すっげー気難しい爺さんみたい)

そんなことを考えて内心舌を出し、わずかに溜飲が下がる。

夕食時も会話はなく、しんとしていた。蒸し暑い室内では扇風機が回っているものの、外の気温が下がっておらず、全く涼しくはない。ニュース番組が「今日は気温が三四度を超え、記録的な猛暑だった」と報じており、節は思わずつぶやいた。

「へー、やっぱりな。今日の気温、半端なかったもん。今もすんげー暑いし」

「………」

むっつりとした津守は何も反応を返さず、節は鼻白む。その後は互いに黙々と咀嚼して、食事を終えた。

(ハイハイ、触らぬ神に祟りなしだよな。すぐ帰りますよっと)

早々に自宅に退散しようと考え、節は台所を片づけると、居間を通り過ぎて土間でサンダルを履いた。

「じゃあ津守さん、俺帰るから」

立ち上がり、玄関の引き戸に手を掛けようとした途端、ふいに呼びかけられた。

「——節」

ドキリとして、節は立ち止まる。振り向くと津守は仕事の手を止め、沈金刀を横に置くところだった。

「な……に？」

「こっち来い」

「——……」

節はじわりと頬を赤らめる。不意打ちのように名前を呼ぶのは、反則だと思った。同時に津守の声音から、彼がどういう意図で自分を呼んでいるのかがわかってしまい、節の中に迷いがこみ上げる。

「…………やだよ。だって津守さん、超機嫌悪ぃもん」

迷った末にボソリとそう答えると、津守はかすかに目を瞠り、ふて腐れたような仏頂面で答えた。

「……別に悪くねーよ」

「嘘ばっか。そんな思いっきり不機嫌オーラ漂わせて、俺が来てからは今まで一言も喋ってなかったじゃん」

節の言葉に、津守はばつが悪そうな顔でしばし黙り、やがて言った。

「たとえ機嫌が悪かろうが、今までお前にひどくしたことなんてねーだろ」

言われた言葉の意味を考え、節の中に羞恥がこみ上げる。態度はぞんざいながら、これまでの津守は彼が言うとおり、こちらが怪我をするような抱き方も、一方的に自分の快楽を優先するような抱き方もしたことはない。

「早くこっち来い。……ひどくしねーから」

「…………」

「節」

何となく恥ずかしい気持ちになりながら、節はもそもそとサンダルを脱ぎ、作業机の前の津守のそばに行く。その瞬間強く腕を引かれ、彼の膝に乗り上げた。

「ん……っ……」

後頭部を引き寄せられ、唇を塞がれる。ぬるりとした舌が押し入って歯列を割り、絡みついてきた。舌の側面をなぞって喉奥まで探られ、節は小さく呻く。

「……ふっ、ぅっ……」

角度を変えて口づけながら、津守はTシャツの下の肌に手のひらを這わせてくる。途端に汗ばんだ肌が気になって、節は声を上げた。

「あ……ちょ、待っ……」

「何だよ」

「俺、汗かいてるから――ここに来る前にシャワー入ったけど、その後またかいて……あの」

「いいよ」

めくったシャツの下の肌をべろりと舐め、津守は言った。

「お前の匂いは薄いから、全然気にならない。多少塩っ気があるくらいだ」

「ぁ……っ」

胸の先を吸われ、じんとしたうずきをおぼえる。濡れた舌でなぞられるとそこはすぐに尖り、軽く歯を立てられるだけでビクリと身体が震えた。

「……っ、津守さん……」

腰を引き寄せられ、肌を舐められながら節が再び声を上げると、津守が「今度は何だ」と言うように、睨むような視線を向けてきた。

「……っ……ここですんの……やだ。畳、痛いし」

「………」

水を差されたことに苛立ちをにじませつつ、津守は行為を中断すると、ため息をついて言った。

「しょーがねえな。……二階行くぞ」

＊＊＊

津守の私室は窓が開いていても蒸し暑く、古い畳の匂いがした。

「はっ……ぁ、っ」

暗がりの中、敷きっ放しの布団の上で、脱がされた節は喘がされている。胸の尖りを吸い上げながら津守の手は節の性器を握り、動かしてきた。絶妙な力加減に、節の性器はビクビクと反応し、先走りの液をにじませて津守の手を濡らす。

「っ……ぁっ、は……っ」

すぐにでも達ってしまいそうな快感に熱い息が漏れ、節は恥ずかしさに唇を噛む。津守は身体を移動させ、それまで握っていた節の性器を口に咥えた。強く吸い上げられると腰が溶けそうなほどの愉悦がこみ上げ、節は声を上げる。

「あ……津守さん、いっちゃう……っ」

「相変わらずはえーな、お前。……いいよ、出せ。――飲んでやる」

「えっ、や……っ」

顔を赤らめて拒絶しようとした節は、津守の動きになす術もなく追い上げられる。巧みな口淫にあっという間に限界がきて、津守の口腔に白濁を吐き出した。

「はぁっ……はぁっ……」

出した端から強く吸い上げられるのが気持ちよくて、頭が真っ白になった。身体を起こした津守が口元を拭うのを見た節は、強い羞恥をおぼえる。

（……ほんとに飲んじゃった……）

「まっず……あー、やっぱあんまり美味いもんじゃねえな」

顔をしかめて津守がそんな感想を漏らし、節は顔を赤らめながら小さく言った。

「……俺も津守さんに、触りたい」

部屋に入った時点で、津守はTシャツを脱いでいた。広い肩幅と筋肉質の上腕にかけての線が男っぽく、締まった胸から腹にかけてのストイックさに、節はぞくぞくするほどの色気を感じる。

触れると硬い骨格と筋肉の感触が手のひらに伝わってきて、思わずため息が漏れた。節は起き上がり、津守の肌にちろりと舌を這わす。自分より高い体温を舌先に感じ、じわじわと興奮が高まって、節は次第にあちこちにキスすることに夢中になった。肌を吸いながら手のひらで撫で、筋肉の感触を堪能していると、津守が「くすぐってーよ」と文句を言ってくる。

全く乱れのない平坦な声にムッとして、節は津守のデニムに手を掛け、前をくつろげた。取り出したそれは軽く兆した程度でも大きく、一瞬躊躇ったものの、勇気を出して舌で触れてみる。

亀頭に吸いつき、丸みを舐めた。一旦口から出し、幹に何度か口づけると、手の中のそれはわずかに硬さを増す。反応に後押しされるように節は幹に舌を這わせ、茂みに顔を埋めて根元から舐め上げた。先端を吸い、なるべく深く口に含もうとするものの、歯を立てずにするのは難しく感じる。

「……っ、ん……っ」

「——下っ手くそ」

津守がそんな感想を述べてきて、節は咥えながら気分を害し、視線を上げる。初めてやったのだから、下手で当たり前だ。それとも津守がこれまで寝てきた相手は、そんなにも上手かったのだろうか。

そう思うと悔しくなり、節は屹立から口を離して、思わず口走っていた。

「……いつか絶対……ヒーヒー言わせてやるから」

「――――」

津守は目を丸くして節を見つめ、意外なことを言われたように問いかけてきた。

「お前が？　……俺を？」

節がうなずくと、津守はよほどおかしかったのか盛大に噴き出す。

「へーえ。楽しみにしてるよ」

珍しく喉の奥を震わせて、津守は笑う。もしかして自分は今、かなり恥ずかしいことを口にしたのだろうか。そう考え頬を染める節に、津守は腕を伸ばし、髪に触れてきた。

「――裏筋を舐めながら吸え。……さっきより、もうちょっと強く」

「……っ」

いつのまにか硬く張り詰めていた津守の性器を、節は言われるとおりに吸う。くびれを舐め、舌のざらりとした部分を先端に擦るようにすると、頭上で津守がわずかに熱を帯びた息を吐く気配がした。やんわりと頭を押さえつけられ、そのままできるかぎり深く口に含む。ゆっくり口腔に出し入れし、舌の表面に津守の硬さや幹に走る太い血管を感じるうち、節の中でじわじわと淫靡な気持ちが高まった。部屋の密度が増したように思い始めた頃、津守は節の頭を押さえて止める。

「もういい」

津守は節の行為をやめさせて身体を引き寄せると、ローションを手に取り、後孔を探ってきた。首筋を舐められながら中に指を入れられ、節は膝立ちの姿勢で、目の前の津守の肩にしがみつく。

「はぁっ……」

目が合い、キスがしたいと思った瞬間、唇を塞がれた。角度を変えて何度も口づけ、蒸れた吐息を交わしながら後ろをぬるぬるにされて、すぐに節の息が上がる。

「はっ……ぁ……っ」

「乗れよ。――ほら」

膝の上に誘導され、節は躊躇いながら津守の腰を跨いだ。避妊具を着けた津守の屹立が後孔に触れ、ビクリとした瞬間、強く腰を引き寄せられる。

「っ、あ……っ」

先端がめり込むと、自分の身体の重みとローションのぬめりで、津守をじりじりとのみ込んだ。その大きさと硬さが苦しくて、節は息を吐き、意図して力を逃がす。圧倒的な質量を持ったものが、みっしりと埋められていく。根元までのみ込むと、自分が上に乗る体勢のせいかいつもより挿れられたものを大きく感じ、節は呼吸を乱した。

「ぁ……っ……んっ」

腰をつかんで下から突き上げられ、圧迫感がより強くなる。隙間もないほど埋められたそれは徐々に眩暈がするような愉悦を生み、中が引き絞るような動きをした。

「あっ、あっ」

津守の首にしがみつき、節は彼の髪に顔を埋める。——もう何度、こうして津守と抱き合っただろう。回を重ねるごとに快感は増し、肌や触れ方に馴染むにつれて、自分の中にじりじりと募る想いを、節は感じていた。些細なしぐさに津守の配慮を感じると、心がぎゅっとする。触れる手の大きさ、肌の熱さに……心まで引きずられている。

津守は節の身体を布団に押し倒し、太ももを押しながら深く奥を穿ってきた。少し荒っぽいその動きにも、ローションのせいか苦痛は感じない。わななきながら締めつける内部や、触れてほしそうに主張する屹立が、自分が感じていることをつぶさに津守に伝えていると思うと、節の中に強い羞恥がこみ上げた。

「はぁっ……あ……っ、津守、さん……」

触れたくて手を伸ばすと、津守は拒否せずに覆い被さり、節の身体を強く抱き寄せてくる。身体が密着して体温を感じ、汗ばんだ重い身体を受け止めながら耳元で彼の息遣いを聞いた節の心が、きゅうっとした。

こうして抱き合うたび、最近の節は「この行為に意味なんかない」と言った津守の言葉を、繰り返し思い出す。彼はそう思っていても、自分にとってはおそらく違う——そんなふうに感じていた。

(津守さんはそうかもしれないけど……俺は……)

——今の自分は津守との関係に、ただのマスターベーション以上の意味を見いだしたいと思っている。いつのまにか心に芽生えていたそんな気持ちに、節は戸惑っていた。

自分に初めて触れた男だからだろうか。それとも距離が近くて、情が移ってしまっただけなのか。どちらにせよ、与えられる快楽に引きずられている感が拭えず、自分の気持ちがわからずに節はモヤモヤする。

「はっ……ぅっ、……ん」

うんと深みを抉られながら交わす口づけに、節はくぐもった声を漏らす。ぬるぬると絡ませ、荒い吐息を混ぜる行為は、快感を助長した。部屋の中の暑さも相まってクラクラしつつ、自分と津守の硬い腹の間で擦れる屹立は、そろそろ限界を訴えている。

(気持ちい……あ、もう達っちゃいそ……)

揺らされながら、節はふと、自分を抱く津守から不機嫌な気配が消えていることに気づいた。自分を見つめる目にはわずかな熱っぽさはあるが、苛立ちはもうない。

（……ちょっとは気晴らしになってるのかな）

自分を抱くことで津守の気が紛れたのなら、まあいいかという気持ちになる。たとえこの関係につける名前がなくても、こうして熱を交わす行為には快感があり、少なくとも互いに嫌ではない。

今はそれでいい——そう思うことでどこか気持ちをごましているような気がしつつ、曖昧ながらも安定した関係に奇妙な安堵もおぼえ、節は自分を抱く津守の律動に身を委ねて、そっと目を閉じた。

＊6

八月に入ってからの猛暑は一向に衰えず、連日うだるような暑さが続いていた。朝の時間帯はかろうじて涼しさを感じるため、津守は外で一服することが多い。それでも蝉は既にうるさく鳴いていて、八時を過ぎるとじわじわと気温が上がり始める。

（……蝉って、一体いつから静かになるんだっけか）

この地に住んで数年が経つが、毎年同じことを考えているような気がする。

空は嫌になるくらいに青く、真っ白な雲とのコントラストといい、今日これからの暑さを予感させるものだった。缶コーヒーの空き缶に灰を落としていると、半袖のワイシャツ姿の節が、離れから出てくるのが見える。

（……外回りも大変だろうな）

この暑さの中でスーツを着るなど、津守には考えられない。ただ、ここ最近の節は顧客からいろいろ貰ってくるものが増え、仕事はそれなりに充実しているらしい。以前はきっちりとスーツの上下を着込んでいたが、今は小脇に抱えた社のジャンパーが、何となく会社に馴染んできている感を醸し出していた。

「なあ、津守さんってさ」

すぐに出るのかと思いきや、節は建物の横に停めた自分の車のそばから話しかけてきた。

「お盆ってどうすんの？　実家とかに帰る？」

言われてふと、津守は「そういえば今週末はお盆か」と考える。頭の中でカレンダーを思い浮かべつつ、淡々と答えた。

「いや、どこも行かない。通常どおり家で仕事」

お前は？　と聞くと、節は明後日の十二日から五日間の休みだという。てっきり実家に帰るのかと思ったが、彼は「うーん」と歯切れの悪い返事をした。

「うちの母親、二年前に再婚してさ。実家っていっても俺には馴染みがない家だし、旦那さんともあんまり話したことないから、正直帰りづらいんだよね」

だから帰省の予定がないという節は、時刻を確認して「あ、ヤバい」とつぶやいた。

「俺、もう行かないと。いってきまーす」

節の水色の軽自動車が、私道を抜けて国道を右に曲がっていく。それを見送り、津守はぼんやり考えた。

（……実家か）

――実家にはここ数年、帰っていない。ある時期から盆と正月には帰ってくるよう、熱烈に要請されるようになったが、津守は忙しいのを理由に顔を出していなかった。何も知らない両親が自分に期待していることがわかっていながら、津守自身はどうしても納得がいかず、彼らが望むような行動をとれずにいる。

(……いつかきっちり、理由を説明しなきゃなんないかな)

それともこの先ずっと、このままだろうか。

もう何年も津守をわずらわせてきた事案は、一向に解決の糸口がない。そもそもの元凶から物理的な距離が置けたことで、最悪だった時期ほどメンタル面は悪くないものの、根本的な解決になっていないことは、自分でもよくわかっていた。

考えると気が滅入ってきそうになり、津守は意図して思考を中断する。今はあまり、その件について思い出したくはない。ただ次に会ったときには、相手と腹を割った話をしようかと考えた。

(このままでいいわけないしな……)

気の早いトンボが一匹、飛んでいくのが見えた。ため息をつき、津守は煙草を缶に落とすと、仕事をするべく自宅に入った。

＊＊＊

「……花火大会？」

「そう。スーパーのとこに貼り紙してあってさ。ときわ橋の上流でやるんだって」

お盆休みも後半に入った十四日の午後四時、買い物から帰ってきた節がサンダルをはね飛ばしながら津守の家に上がり込み、突然そんなことを言った。

――「ふるさと祭り　大花火大会」と銘打たれたそれは今夜行われる予定で、今日と明日開催している町の夏祭りの、メインイベントらしい。今しがた町の中心部に買い物に出掛けた節は、既に祭りは始まっていて、かなりのにぎわいだったと語った。

（そういえば毎年盆には、花火の音がしてたような気がするな……）

興味のない津守はわざわざ見に行くこともなく、家の中で音を聞いていただけだった。今も取り立てて興味をそそられず、作業机で図案の構図を考える津守の傍ら、節は勢い込んで話を続ける。

「三十分間に、千三百発の花火が打ち上げられるんだって。お祭りもすごかったよ、いろんな出店が出てて、歌謡ショーもやるって書いてあった」

「ふーん」

「だからさ、津守さん」

適当に聞き流していた津守に、節は言った。

「行こ、一緒に。花火見に」

「……あ？」

津守は驚いて顔を上げる。思いがけない誘いだったが、ため息をついて断った。

「ガキじゃあるまいし、んなもんに興味ねーよ。行きたいなら一人で行け」

素っ気ない態度の津守に、しかし節は引かなかった。

「一人で行ったって面白いわけないだろ。いいじゃん、花火は八時半からだから、それまでお祭り行って何か食べよ。外で飲むビール、きっと美味しいよ」

「家で飲むからいい。そもそも俺は、人混みが嫌いなんだ」

「いつもいつも津守さんのおさんどんしてる、俺の頼みが聞けないの？」

ふくれっ面の節がそう言ってじっとり睨んできて、津守は視線を返す。

「……飯代なら払ってんだろ」

「じゃあ他は？　この家ん中を片づけてんのは俺の厚意、全くのボランティアだよ。たまには福利厚生で、行きたいとこに連れてってくれてもいいじゃん。俺だって外で何か食いたい」

「……福利厚生って」

「ねー、津守さーん」

ジタバタしながら食い下がる節に、顔をしかめて考え込んでいた津守は、やがてうんざりと言った。

「……しつけーな、ったくもう」

＊＊＊

祭りが行われている町の中心部までには、車で十分かかる。どうやって行くのかと聞くと、節は「俺の自転車《チャリ》で」と答えた。

「俺が後ろに乗るからさ、津守さんが漕いで」

「……何で俺が漕ぎ役なんだよ」

「津守さんのほうがガタイがいいからに決まってんじゃん。ほら、早く」

「お前、自転車でも飲酒運転になるの知ってるか」

「うん。だから帰りは俺が漕ぐよ」

「津守さんは好きなだけビール飲んでもいいから」と言われ、津守は渋々自転車に跨る。

(……ったく、何だってこんな目に)

成人した男が自転車に二人乗りするのは、傍から見たらおそらく滑稽だろう。節が後ろに立ち乗りし、津守は仕方なく自転車を漕ぎ始めた。ごく緩やかな下り坂を、自転車は風を切って軽快に走る。

「わー、すげー、気持ちぃー！」

肩につかまった節が背後で能天気に声を上げ、津守は舌打ちしたくなる。夕暮れどき、道の両側に広がる畑を吹き抜ける風は日中より幾分涼しくなり、道路にはオレンジ色の日を受けて長い影が伸びていた。ごくわずかながら下り坂のため、津守が漕ぐ労力は思ったほどではなかったが、帰りの二人乗りはそれなりにきついだろうなと頭の隅で考える。

（……あとで泣きつくなよ）

気乗りしないのを無理やり連れ出されたのだから、しこたまビールを飲んでやろうと画策しつつ、やがて自転車は祭り会場に着いた。

「わ、すっげー混んでる。この町、こんなに人いたんだ」

メインストリートには出店がひしめき、道路は歩行者天国になっていて、設置されたテーブルはほぼ満席だった。浴衣姿の女性や子どもの姿が多くあり、確かに普段に比べると、会場は信じられないくらいの人で溢れている。

しばらくはあちこちの店を冷やかして歩き、津守は歩きながらビールを飲んだ。節は子どものようにはしゃいで買い食いをしつつ、ときおり道行く人間やテントの中の祭りの役員に声をかけられ、会場で使えるチケットを貰って話し込んでいる。

（……ずいぶん知り合いが多いんだな）

この土地に来た日数を思うとひどく意外だったが、聞くと会社の顧客の農家らしく、祖父母くらいの年代の人間に、彼はかなり可愛がられているようだった。

そんな津守も、沈金の体験講座を受講したことのある人間に「先生」と呼びかけられることがしばしばあり、足を止めた。

「ああ、……どうも」

「先生、相変わらず男前だねえ。今年も講座やるんでしょ？　また申し込みさせてもらうからね。ほら、ビールのチケット、持ってって」

節と二人、合わせるとかなりの枚数のチケットが集まり、思わぬタダ酒に得をしたような気分になる。たまたま空きを見つけた席に腰を据え、味噌おでんや焼きそばなど、祭りらしいメニューを肴に、津守はビールを飲んだ。節はコーラを飲みながらそれを眺め、問いかけてきた。

「津守さんって、ビールも日本酒も水みたいに飲むけど、全然酔わないの？」

「滅多に酔わない」

「えー、いいな。俺もビールや酎ハイならそこそこ飲めるけど、日本酒は下手したら記憶飛ぶしな……」

「お前は弱すぎだよ」

最初会ったとき、あっさり酔ったことを揶揄してやると、節はムッとしたように口を尖らせる。その頬がじんわりと赤いのは、きっとその日にあったことを思い出しているからに違いない。

（……まだ一ヵ月半くらいしか経ってないのか）

もうずいぶん長く一緒にいるような気がして、津守は少し不思議に思う。あまりにも互いの気配に馴染みすぎ、改めて節がそこまで自分の生活に踏み込んでいることに、驚きをおぼえた。

日がすっかり落ちて暗くなってきた頃、再び席を立って歩き出し、節はダーツやヨーヨー釣りに夢中になる。津守は傍らでそれを呆れ顔で眺めた。

（つたく、ガキじゃあるまいし……）

やがて通りかかった射的で、片手に水風船のヨーヨーをぶら下げた節は「あ、俺これやりたい」と言い出し、小学生の男子に交じってやり始めた。当てた的の合計点でお菓子が貰える仕組みで、節はかなり大きいお菓子詰め合わせを狙うと豪語する。筋は悪くなく、順調に的に当てていたものの、何度やっても当たらない的があるらしく、猛烈に悔しがった。

「あー、くっそ、どーしてもあれに当たんないや」

どうも撃ったときの軌道に、若干の癖がある。チラリと見た津守はすぐそれに気づき、「貸せ」と言って銃を取り上げた。

「真っすぐ飛ばないときは、コルクを逆に詰めるといいんだよ」

片手で銃を持ち、なるべく的に近づける。狙うのは的の左上の角、片方の目をつぶらずに両目で見た位置を狙う——それらのポイントを押さえて津守が無造作に引き金を引くと、的はあっさり下に落ちた。

「すっげー！」

節のみならず、周りの小学生男子たちにも称賛の目で見られ、津守は苦虫を噛み潰したような顔で銃を置くと、すぐ射的屋を出た。あとから大きなお菓子詰め合わせを抱えて出てきた節は、興奮した面持ちで津守を見る。

「津守さん、何であんなに射的上手いの？　すっげー意外なんだけど」

「……ガキの頃、祭りでいっぱいやったんだよ」

「へ〜、津守さんが子どもの頃って、全然想像できないや。昔からそんな偏屈な子どもだった？」

「知るか」

ひととおり祭り会場を回ると、手持ち無沙汰になる。花火が始まるまであと十五分ほどあり、津守が煙草を吸いたいと考えていたところ、節が突然「神社に行こう」と言い出した。

「あっちの通りに、八幡神社ってあるじゃん？　俺、行ってみたかったんだよね」

「何のために」

「ここに越してきたんだから、一回くらいはお参りしたいんだよ。行こ」

かくして訪れた神社は、苔むした古い石段がはるか上まで延々と続き、かなり高い場所にあった。提灯がぼんやりと照らす石段を上るうち、津守は次第にその長さにうんざりしてくる。百段超の石段を上りきると、そこにはかなり立派な社殿があった。

由来には、この地に鎮座して百年をゆうに超える、由緒正しい神社であることが書かれている。社殿は数年前に新しくなったもので、センサーライトや監視カメラという、最新の設備を兼ね備えていた。

節は賽銭を入れ、何やら長いこと拝んでいる。スマホで時刻を確認すると、もうまもなく花火が始まる時間だった。来た道を戻り、石段を七割ほど下りてきたところで、ドンという大きな音が鳴り響く。

「わ、始まった」

花火が打ち上げられる会場はもっと離れたところだったが、ここからでも充分に見えた。次々に打ち上げられる花火は夜空を明るく染め、道路を挟んで向かい側にある「名水ラーメン」から出てきた客も、立ち止まって見上げている。

「きれー……」

石段に座って空を見上げる節の目は、花火を映してキラキラと光っていた。それを見た津守は、節を子どものように素直な性質《たち》なのだなと考える。――真っすぐで裏表がなく、無邪気で感情がダダ漏れだ。

初めは無理やり外に連れ出されたのを、正直面倒臭いと思っていた。しかし今は、「まあいいか」という気持ちになっている。普段はほとんど出歩くこともなく、食事もすっかり節が作るのが当たり前になっていた。今日こうして祭りに訪れたのが彼の気晴らしになったのなら、安いものなのかもしれない。

余韻を残して花火が終わり、自転車を停めたところまで歩く。後ろに跨った津守は、片方の手に持った缶ビールをあおりながら節に言った。

「ほら、頑張って漕げよ」

「……わかってるってば」

前カゴに戦利品のお菓子やヨーヨーを放り込み、節は自転車を漕ぎ出す。――平坦な道である町の中心部を抜け、じわじわと勾配がついてくる道を、彼はかなり頑張った。耳まで真っ赤にし、「重いー！」と文句を言いつつ立ち漕ぎをする姿を見て、津守は大いに溜飲が下がる。息を乱してフラフラと漕いでいた節は、やがて道半ばで疲労困憊し、自転車を停めた。

「ごめ……しばらく、休憩さして……」

ちょうど煙草が吸いたかったので都合がいいと、津守は自転車から降りてガードレールにもたれ、一本咥えて火を点けた。自転車を立ててぐったりとその場にしゃがみ込んだ節は、恨めしそうに津守を見上げてくる。

「行きのほうが下りで楽だったんじゃん……帰りに漕ぐなんて言わなきゃよかった……」

「お前が言い出したんだから、自業自得だろ」

鼻で笑い、津守は煙を吐き出す。

辺りはときおり車が通り過ぎるだけで、全く人気《ひとけ》はなかった。吹く風に涼しさを感じ、津守はぼんやりと「夏ももう終わりなのだな」と考える。北国の夏は、盆を境に劇的に空気が変わる。朝晩が格段に涼しくなり、徐々に季節は秋へと移行していくのだ。

街灯が少ないせいか、濃い藍色の空には満天の星が見えて、しばらく黙ってそれを眺めた。煙草の灰をビールの空き缶に落としていると、節がぽつりと切り出した。

「俺がここに異動してきた理由——津守さんはこのあいだの件で、何となくわかってるだろ」

「…………」

まさかこのタイミングでその話を持ち出されるとは思わず、津守は意表を突かれて節を見る。彼が言っているのは半月ほど前、都会から来た営業に絡まれていたのを、たまたま通りかかった津守が助けてやった件だった。節は言葉を続けた。

「あのときは機転を利かせて庇ってくれて、助かった。……ありがと。俺、会社の一年先輩で、プライベートでも仲良くて親友だと思っていた人に——その、指向を悟られて、言いふらされたんだ。それで逃げるために、会社に異動願いを出した」

何となく事情を察していた津守は、無言で煙草をふかす。あの日、節は鷺沢という男にそれをばらすと脅され、関係を迫られていた。節はしゃがみ込んだまま空を見上げて言った。

「最初は、今まで友達だと思ってた人間に言いふらされて……ひどいと思ったんだ。周り中、全部が敵のような気がしたし、俺は自分が男を好きになる種類の人間なんだって、まだ認め切れてない部分があったから」

——周囲の視線に耐え切れず、異動願いを出した。人事に提示されたのは田舎の営業所で、これは暗に辞めろという意味なのかと考えて悩んだ。しかしいっそ誰も知らない場所に行くのもいいと思い、節は腹をくくったのだという。

「ここはさ、都会とは全然違ってて……初めは不安だったけど、今はそう悪くないと思ってる。時間の流れ方が違うっていうか、人も空気も、すっごくのんびりしてるし。そんな中で落ち着いて考えてみると、理不尽だって思ってた気持ちが和らいで――最近はその先輩に、悪いことをしたなって考えるようになったんだ」

意外に思った津守がチラリと見ると、節はうつむき、足元の小石を拾って手の中で弄《もてあそ》んでいた。――最初は被害者意識ばかり持って、相手に恨みがましい気持ちを抱いていた。しかし時間が経つにつれ、そんな考えは次第に変わってきたのだと節は言った。

「その人俺のこと、普通に可愛い後輩だと思ってたのに、恋愛対象として見られてたのが意外だったし――寝てる間に触られて、『裏切られた気持ちだ』って、周囲に話してたんだって。確かに同意もなく勝手に触られるなんて、気持ち悪いよな。俺、その人のことが恋愛感情で好きだったんだけど……それは独り善がりの利己的な好意で、相手の気持ちは二の次だったのかもしれないって、だんだんそんなふうに思えてきた」

相手に触れたとき、節は「もしばれたら」ということは全く考えていなかったという。こんな行為をされて相手はどう思うのか、ばれたとして、その後どんな顔をして会社に行くつもりなのか――結局今の状況は、後先を全く考えずに行動に及んだ、自分の浅慮が招いた事態だったと節は言った。

「——……」

津守は何も言わず、ビールの缶に煙草の灰を落とした。

職場で噂を流され、居づらくなって出向したという流れは、当初から「何かをやらかしてここに来たんだろうな」と思っていた津守にとって、さほど驚くことではなかった。節が本当にそういった性指向でなければ、悪質な誹謗中傷として堂々と相手に対抗できたのだろう。だが事実であったため、彼は逃げる道を選んだ。それを鷺沢に知られ、関係を迫られていたというのが、先日の事の真相らしい。

「会社から逃げ出した俺は……この土地に来たとき、不安でいっぱいだった。都会育ちで田舎には全く免疫がなかったし、もう二度とヘマはしない、自分の性癖はきっちり封印して、誰にも悟られるまいって考えていたのに——津守さんにあっさり見抜かれて、ヤられちゃって。……はっきり言って、すげーショックな出来事だった」

「……それについては、悪かったよ」

津守は気まずくなり、苦虫を噛み潰したような顔で謝る。

——心機一転、新しい環境で頑張ろうとした初日にまんまと自分に抱かれてしまったのだと聞くと、ひたすらばつの悪さしかない。まさか節がそんな状況でこの地にやってきて、精神的にダメージを受けているとは思わなかった。久しぶりに同じ指向の人間を見つけ、軽い気持ちで楽しんで、あまつさえ「悪くない」などと考えていたことが、少し申し訳なくなる。その後もつい手を出してしまったが、節がわりとすぐ順応したように見えていたため、あまり深く考えていなかった。

津守の表情を見た節は、慌てた顔で言った。

「違う。確かに最初はショックだったけど、俺……津守さんとするの、嫌じゃない。むしろすごくいいっていうか……結果的に、自分がそっちの人間だってよくわかったし」

節は顔を真っ赤にしながら言った。——初めはとっつきにくく、顔をしかめて舌打ちが当たり前な津守と、どう接していいかわからなかった。だが困ったときに助けてもらえて居候までさせてもらい、心細かった気持ちがだいぶ救われたのだと。

「津守さんの仕事を見るのも、俺、すごく好きだよ。きれいで繊細で、デザインもそうなんだけど、ストイックに仕事に打ち込む姿勢とか……全く妥協しない感じとか」

「——……」

「本当に尊敬してる。……津守さんに会えて、よかった」

そう言って笑った節の顔を見た瞬間、津守の中に形容しがたい気持ちがこみ上げた。人懐っこく、明るい性格の節が、会社で孤立してどれだけ追い詰められていたかは、想像に難くない。逃げてきたはずの土地で、ある意味追い討ちをかけたのが津守なのに、彼は今、「会えてよかった」と言って笑ってみせる。

「——……」

津守はふーっと最後の煙を吐くと、煙草の火を消した。

「……家で少し飲むか」

「へっ？」

「飲み足りねーんだよ」

そう言って夜道をスタスタと歩き出すと、節は自転車を押し、慌ててついてきた。

「飲み足りないって……あれだけビール飲んどいて、マジで言ってんの？」

驚く節の問いかけには答えず、津守はそのまま十分ほどの距離を無言で歩いた。自宅に着くと玄関の鍵を開け、サンダルを脱ぎ捨てて居間を通り抜けて、台所に向かう。

「津守さん？　電気ぐらい点ければいいのに」

後からついてきた節は、呆れたように台所の電気を点ける。津守は棚から日本酒の一升瓶を取り出し、湯呑みに注いだ。

「飲むんなら、居間行って飲みなよ。お腹空いてるなら何か作——、んっ」

冷蔵庫を開けようとした節を引き寄せ、津守は唇を塞ぐ。日本酒を口移しに注ぎ込むと、節は目を見開き、咳き込んだ。

「……ちょっ、何……、俺、日本酒は強くな……っ」

「何って、飲み足りねーって言っただろ」

「勝手に飲めばいいじゃん！　俺は……っ」

何かを言いかけた節の口を、湯呑みをあおった津守は再び塞ぐ。立て続けに飲まされ、ついでに舌まで絡められて、節はじわりと顔を赤らめた。

「も……何だよ、訳わかんね……」

湯呑み二杯半ほど飲ませると、節は明らかに酔いが回ってきた顔で熱っぽい息を吐く。

津守は残りを自分で飲み干し、節の手を引いて台所から出た。

「お前は少し酔っ払っとけよ。……記憶を失くすくらいに」

＊＊＊

「津守さ……、っん」

引っ張り込んだ寝室の暗がりの中、津守は立ったまま問答無用で節の唇を塞ぐ。酒の味のする舌を絡めた途端、ビクリと震えたそれは一瞬怯えるように縮こまり、津守はより深く噛み合わせることで逃がさず強く吸い上げた。

「んぅっ……」

鼻にかかった声を漏らし、節は酔いに潤んだ眼差しを津守に向けてくる。間近で視線を合わせながらキスを続け、津守は節のTシャツの下の肌に手を這わせた。

「ふ、っ」

親指でかすめるように乳首に触れると、ピクリと身体が跳ねる。すぐに立ち上がったそこを撫でるたび、節は小さく声を漏らした。

「っ……、ぁ……っ」

指で触れられるだけで快感はあっても、それだけではもどかしいのか、節は津守のシャツを握ってくる。頭半分低い顔を見下ろし、津守はささやいた。

「……小さいのに、すげー敏感だよな、ここ」

「……っ……」

節はじわりと目元を染める。津守は「どうされたい？」と問いかけた。

「お前の好きなようにしてやる」

「え……っ」

「言えよ」

ささやきながら耳朶を噛むと、節は「ひゃ」と言って首をすくめる。舌を這わせる感触に身体を震わせながら、酒気で目を潤ませた節は、小さな声で言った。

「……っ……さ、触って……」

「どこを」

「ぁ、……全部……っ」

敷きっ放しの布団に押し倒し、Tシャツを脱がせた。首筋に顔を埋め、耳の裏を吸うのから始まり、津守は節の身体のあちこちを撫でながらキスを落とす。

「はぁっ……」

色の薄い乳首は既にぴんと立ち上がっていて、吸いつくと節は甘い息を漏らし、背中を浮かせた。その腰を抱き寄せ、津守はますます尖りに舌を這わせる。

(……こいつはほんと、自覚なしにああいうことを言いやがって)

節の肌を舐めながら、津守は苛立ちに似た感情を押し殺した。——自分を尊敬していると、節は言った。たいして優しくした覚えもないのに、津守に感謝の気持ちを示し、仕事を褒めた。

あまりにも不意打ちのその言葉は津守の心を揺さぶり、柄にもなく目の前の身体に、がっつくような行動をとらせている。

――「樋口節」という人間が生活の中に入ってきたのは、津守にとって想定外のことだった。しかし気づけば思いがけずしっくりと馴染み、ずっと前から一緒にいたかのような錯覚をさせていた。

元々人嫌いで、周囲に誰も住んでいない環境を快適だと思っていたはずの津守は、こんな状況に少し前から複雑な思いを抱いていた。つきあってみれば節は素直で、全く裏がない。考えていることがすぐ顔に出る性質で、せっせとよく動き、身体の相性もよかった。家にしばらく居候させてやったのも、たまたま居合わせたトラブルの現場で庇ってやったのも、すべて津守のその場の思いつきにすぎず、いうなれば気まぐれだ。それなのに素直に礼を言われ、「尊敬してる」とまで言われたら、どう反応していいかわからなくなる。

(……誰かと深くつきあうのなんて、うんざりだと思ってたんだけどな)

――「恋愛感情」というものに、津守は拒否感がある。誰かに執着されたり、もちろん自分が執着したりするのも、真っ平だと思っていた。愛情とは、行き過ぎればただ相手を支配したい――そんな狂気にも似た感情に変容するものだという印象を、強く抱いていた。

だから津守の中では、セックスは愛情からする行為ではなく、ただの自慰の延長という位置づけだった。心を伴うものではないと自分の中で明確に線引きし、節にもそう言っていたはずなのに、今自分の中にあるじりじりとした熱が理解しがたい。ふとその答えに気づき、津守は舌打ちしたくなる。

（……いつのまにか嵌まってたとか、小僧じゃあるまいし）

不覚にも気持ちを自覚した津守は、苦々しい思いを噛み締めた。日常の中にいつのまにかするりと入り込み、自然と馴染んでしまったこの年下のサラリーマンに、自分は確かに心を動かされている。——こんな生活も悪くないと思っている。

「んん……っ」

いつもより性急に押し入った中は狭く、節がぎゅっと顔を歪めたのに気づいた津守は、半ばで動きを止めた。ゆるゆると動かしながら節の性器を握ってやると、彼はすぐに「あ」と小さく漏らす。

「あ、あ……っ」

中がビクビクと蠢き、津守を締めつけてくる。快楽を与えることで苦痛を逃がしてやりながら、じりじりと腰を進めて根元まで埋めた途端、節は熱っぽい息を吐いて涙目で津守を見た。

「はぁっ……津守さん……」

「……きついか？」

「あっ、……おっき……」

潤んだ眼差しに煽られながら突き上げると、節は「んっ」と呻き、強く二の腕をつかんでくる。覆い被さりながら深いところを探り、津守は徐々に律動を激しくした。

「あっ……ぁ……っ、待っ……」

「――待てねーよ、馬鹿」

「ぅっ、んん……っ」

喘ぐ唇に噛みつくように口づけて、どこもかしこも埋め尽くす。すぐに馴染んだ内部は絞り上げるように蠢き、津守に快楽をもたらした。唇を塞がれながら揺らされ、喉奥から切羽詰まった声を漏らしていた節は、解放されるなり限界を訴える。

「ぁ……っ、……も……すぐ、達っちゃう……っ」

「お前が早いのなんていつものことだろ。いいよ。――達けよ」

上気した節の目元に、津守はキスを落とす。そのまま唇で汗ばんだ額を辿ってやると、節は何かを迷うように瞳を揺らし、やがてしがみつく腕に力を込めてきた。

「……っ……津守さん……」

「何だよ」

酔いのせいか、目を潤ませた節の表情には、いつもより若干の幼さがある。彼はしばらく逡巡したあと、小さく言った。

「……っ……好き……」

声はごくかすかなもので、しかし確実に聞こえた津守は目を瞠る。言われてみれば、彼のそんな気持ちはとっくに知っていたような気がした。じわりと内側に沁み込んだその言葉は、思いがけず津守の心をうずかせる。

「っ……ぁっ……津守、さん、は……？」

「――どう思う？」

切れ切れの問いかけにわざと気のない返事を返してやると、節はムッとしたように唇を噛む。それを見下ろし、津守は小さく笑った。

「…………、嫌いじゃないかもな」

これが精一杯の譲歩だ、と津守は思う。甘い言葉など、自分の性格でたやすく言えるはずもない。

(どうせこいつは……飲み過ぎたら、記憶を飛ばすんだから)

朝になったら全部忘れていればいい、と津守は考えた。今の言葉も、いつになく優しくしてやりたくなっている自分も――。

そう考えながら津守は目を伏せ、快楽の続きに没頭する。反応のいいところばかりを狙って喘がせながら、目の前の身体を引き寄せる腕に、力を込めた。

＊7

　翌朝、津守の布団で目を覚ました節は、記憶はおぼろげながらも、前夜いつになく乱れたことは何となく覚えていた。いつもに比べ、津守が優しかったような気もするが、全く定かではない。

（ええっと……帰ってきて、飲まされて――それで）

　節を背中から抱き込む形で眠っている津守は、身じろぎしても目を覚まさなかった。布団の周囲にはいくつもの丸まったティッシュや避妊具のパッケージが転がっており、じわりと赤面してしまう。

（……七時か……もう起きよう）

　勝手知ったる階下に下り、シャワーを浴びた。昨日はご飯を炊いていないため、朝食は以前作って冷凍していた、きのこご飯を解凍しようかと考える。

（味噌汁は豆腐となめこにして……あとは小さい鯵《あじ》でも焼いて、卵焼きと浅漬けでいいか）

　魚をグリルに入れ、味噌汁を作っているところで、乱れた髪の津守がのっそりと下りてきた。シャワーを浴びるのかと思ったが、彼はそのまま居間に向かう。朝食の仕上げをし、きのこご飯のおにぎりを電子レンジで解凍した節は、お盆に載せて運んだ。

「おはよ」

「…………」

リモコンでテレビのチャンネルを変えている津守は相変わらず無愛想で、節は彼が昨夜優しかったような気がするのは、やはり自分の願望が見せた夢だったのかもしれないと考える。それでも何となく確認したくなり、小さな声で切り出した。

「あの、津守さん。……昨夜さ……」

「あぁ？」

途端に不機嫌に睨まれ、節は慌てて「何でもない」と問いを引っ込めた。

（寝起きが悪いんなら、まだ布団で寝てりゃいいのに……もう）

偏屈ジジイ、と内心悪態をつきながら節は座卓に料理を並べ、「いただきます」と言って何食わぬ顔で箸をつける。

五日間のお盆休みも、明日で終わりだ。節は午前中は家事をして過ごし、午後は自宅で農業機械の仕様書と睨めっこした。最初に比べると少しずつ知識は増えてきているが、まだまだ覚えることはたくさんある。特に機械の構造は難解だった。

（やっぱ実物の機械の中身見ないと、よくわかんないな……）

いまいち集中できずにボールペンを置き、畳に大の字に転がる。薄曇りの午後は太陽が出たり隠れたりしていて、湿度は多少あるものの、扇風機に当たっていればしのげる程度の暑さだった。

節は昨日の出来事を思い浮かべる。――津守と出掛けたのは、思いがけず楽しかった。一台の自転車に相乗りし、いつもと違う場所で一緒に過ごしてから、節の心にはじわりとした熱が居座ったままだ。その気持ちの正体を探り、節はぼんやりと思う。

(俺は、津守さんが……好きだ)

――きっかけが意に反したセックスだったとしても、たとえ津守がこの関係を、自慰の延長と思っているのだとしても。少しずつ心に堆積した想いはもうごまかしようもなく、節の中で密度を増していた。

津守は目つきが悪くて無愛想で、尖った部分ばかりが目立つ男だが、それだけでもない。彼には困っている相手を見捨てない、そんな情の深さもあった。荒っぽいのにひどくはない手つきも、ごくたまに見せる笑顔も――いつのまにか好きになっていた。

(でも、たぶん津守さんには……そんな気ないんだろうな)

彼はおそらく、自分と恋愛をする気はない。抱き合うのはマスターベーションと同じだと言われたし、実際甘い言動などひとつもない男だ。表情に乏しいため、彼が何を考えているかなど、節には皆目検討がつかない。それでも初めに比べたら多少は気安くなっているのだろうし、抱き合うなら少なくとも嫌われてはいないのだろうと、そんな部分にすがりたくなっている自分に、節は苦い気持ちになる。

（まあ、男同士で恋愛とかいうのも……「何言ってんだ」って笑われそうだし）

節の中には、諦めにも似た気持ちがある。津守に想いを伝えて鬱陶しいと思われるくらいなら、今のままでいい。毎日一緒にご飯を食べて、どうでもいいことを話し、ときおり抱き合えれば――それでいいような気がする。

「――……」

節は畳の上で、横向きに寝返りを打った。そう思いつつも心の底にある寂しさにも似た感覚は、きっと肌だけではなく津守の内面を知りたいという、そんな気持ちを捨てきれないからだ。もっと欲しいのに、拒絶されることが怖くて手を伸ばせない。そのくせ現状に満足できない自分を、節は女々しいと思う。

吹き込んでくる風がカーテンを揺らし、雲がまだらに散らばった色の淡い空が見えた。番《つがい》のトンボが天高く飛んでいき、節はそれがほんの少し、うらやましくなる。

蝉が飽かずに鳴き続ける午後、そうして長いこと畳に転がり、節は物思いに沈み続けた。

＊＊＊

あれほど暑かった気候はお盆を過ぎると鳴りを潜め、しばらく雨が続いたあと、北国らしい涼しさとなった。朝晩の気温が徐々に下がり、肌寒さを感じることも増えて、季節はゆっくり秋へと移行しつつあった。

会社での節は仕事をだいぶ要領よくこなせるようになり、懇意にしている農家から農業機械を一台受注することに成功した。それは節にとって大きな自信となり、これからもここでやっていけそうだという気持ちを強めるきっかけとなった。

以前節を脅した鷺沢からは、あれ以来何の音沙汰もない。彼の動向については、もう何も心配するようなことはなさそうだった。

(……あのとき津守さんがいてくれなかったら、一体どうなってたんだろうな)

彼が来なければ、とっさに何の反応も返せずにいた自分は、あのまま鷺沢のいいようにされていたかもしれない。そう思うとゾッとして、節は改めて津守が居合わせてくれた幸運を噛み締める。

気持ちを自覚した節とは逆に、津守は淡々としていて全く感情を出さず、何を考えているかわからなかった。相変わらず食事を共にし、ときおり抱き合う日々は、以前と何ら変わらない。それでも、名前もないままの関係は穏やかで、節にとっては居心地のいいものだった。

家に引きこもって黙々と量産の仕事をこなす津守は、最近はその傍ら、個展用の作品の制作にも取り掛かっている。作業の工程を間近で見せてもらっている節は、職人技にひそかに感嘆しつつ、その仕上がりを想像してわくわくしていた。

先週までは気温が二五度を超える日もあり、まだまだ残暑が厳しいと感じていたが、九月も半ばに入った今週は、天気はいいものの日中の気温が二〇度前後と、一気に季節が秋めいてきた。そろそろ衣替えの時期かと、誰かに会うたびに話題になっている。

明日の土曜からは仕事が休みで、五連休になる予定だ。俗にシルバーウィークともいわれる九月の連休で、何をして過ごそうかと考えながら、節は仕事帰りにスーパーに立ち寄る。

(貰ったさつまいもがあるから、さつまいもご飯にしようかな……ぜんまいは蒟蒻《こんにゃく》と油揚げとにんじんで、煮物にして……)

あとは以前作って冷凍していたハンバーグを焼いておろしポン酢を載せ、ささみときゅうりの梅和えでも作ろうと思いつつ、買い物を済ませた節は車で帰宅する。

(最近はほんと、日が短くなってきたな……)

道の脇の畑は収穫を終え、すっかり掘り起こされて土がむき出しになっていた。夏の日差しを浴びて立っていた向日葵《ひまわり》は、既に茶色く干からびている。牧草地も刈り込まれ、いくつもの牧草ロールがあちこちに転がっていた。

うら寂しくなりつつある光景を横目に運転し、十分ほど走って自宅付近に来た節は、ふと前を走っていた白い軽自動車が私道に入るのに気づいた。津守の黒いSUVの後ろに停車したその車は、エンジンを切る。普段は来客などほぼない家に誰かが訪ねてきたことに、何となくドキリとしつつ見ていると、車から降りてきたのは二十代後半の女性だった。

――背中の中ほどまでの髪を後ろでひとつに結んでいる女性は、ジャケットにタイトスカートというOL風の服装で、すらりとした脚が印象的に見える。顔立ちは派手さはないものの整っていて、きちんとした雰囲気の持ち主だった。

彼女は後部座席を開け、チャイルドシートから三歳くらいの女の子を降ろす。節の視線に気づいたように顔を上げた彼女は、「あら」とつぶやき、問いかけてきた。

「どちらさま?」

「あ……の」

どちらさま――と聞かれたことに、節は驚いていた。その言い方だと、まるで彼女は津守の家に関係のある人間のように聞こえる。そう思いつつ、節はしどろもどろになって答えた。

「こっちの離れに……越してきた者です」

節の答えを聞いた女性は目を瞠り、やがて微笑んだ。

「まあ、そうなの？　全然聞いていなかったわ。全くあの人ったら、本当に言葉が足りなくって困っちゃう。──わたし、津守の家内で由布子《ゆうこ》といいます。この子は娘の沙耶《さや》」

「──────」

驚きすぎて、節はその瞬間、言葉を返すのを忘れた。

由布子──と名乗った女性は、確かに津守の妻だと言った。呆然としている節の目の前で彼女は娘を抱き上げ、「さ、パパのところに行きましょうね」と言って家のチャイムを鳴らす。しばらくして出てきた津守は、女性を見てつぶやいた。

「……由布子」

「沙耶、ほら、パパよ」

腕の中の娘に向かい、由布子が笑顔でそう告げる。どこか不機嫌そうに顔を歪め、何かを言いかけた津守は、ふと立ち尽くす節に気づいて、ハッとした。節は一瞬何と言おうか悩み、津守に「自販機でジュースを買ってくる」とぎこちなく告げた。

「小さい子が飲むもの、あんたん家の冷蔵庫にないだろ。俺、ちょっと行って買ってくるからさ」

「おい」

津守が何か言いかけたが、節は逃げるように自分の車に乗り、エンジンを掛けた。あえてミラーで後ろは見ず、私道を抜けて国道に出ながら、節は考える。

(津守さんが……結婚してたなんて)

しかも娘までいる——その事実は、節をひどく打ちのめしていた。知らなかったとはいえ、自分は妻子のいる男と関係を持ってしまっていたことになる。これまで家族がいる片鱗が全くなく、津守が結婚指輪をしていなかったため、節はそんな可能性について考えたことがなかった。

節の中に、なぜ由布子がこれまで一度も帰ってこなかったのか、なぜ津守は結婚しているのを自分に告げなかったのかという、疑問が浮かぶ。しかし事実由布子は津守の妻で、あの子どもは彼の娘なのだ。ぐっとこみ上げるものをこらえ、節はステアリングを強く握った。

(馬鹿みたいだ、俺。……好きになったって、仕方のない人だったのに)

初めて抱き合っていつのまにか好きになり、ずっとこのままでいられたらいいと考えていた。……だがそれは、本来持ってはいけない望みだった。

あの家には戻れない——と節は思う。何より由布子に、会わせる顔がない。

幸い明日からは連休のため、実家に帰ろうと考えた。国道を少し行った先にある、道の脇の自販機でオレンジジュースを一本買った節は、車で戻る。津守の家の台所の勝手口はいつも鍵が開いているため、そこからそっと家の中に入った。居間のほうからは何か話し声が聞こえていたが、あえて聞かず、台所のテーブルにジュースを置く。

自宅に戻った節は、買ってきたものの無駄になった夕食の材料を冷蔵庫に放り込み、数日分の着替えをボストンバッグに詰め込んだ。足早に外に出て鍵をかけ、チラリと母屋のほうを見つめると、何とも言えない気持ちがこみ上げる。

「――っ……」

引きはがすように視線をそらし、車に乗り込んだ節は、そのまま発車させた。時刻は午後七時を過ぎていて、実家に着くのは順調にいけば、九時半くらいだろうか。

濃い藍色の空に星がきらめいているのが見えて、いつか津守と見たことを思い出し、節の胸にズキリと痛みが走った。唇を噛み、あえて思考を追い出しながら、節はアクセルを踏み込んで運転することだけに集中した。

＊＊＊

　——約二ヵ月半ぶりに戻ってみると、地元はひどく雑多な感じがした。太い幹線道路は行き交う車の数が多く、テールライトやネオンがきらびやかで、こんなにも明るかったのかと感じる。

（建物の大きさや密度が、全然違うもんな……）

　市内に入ってから、節は迷った挙げ句、母親にメールした。これから行っていいかと聞くとOKの返事が来たので、彼女の家に向かう。着いたのは予想どおり、午後九時半過ぎだった。

「もう、あんたはいきなり帰ってくるなんて……もっと早く連絡よこせばいいのに」

　母親に会うのは、五ヵ月ぶりくらいだった。四十代半ばの彼女は若々しく、専業主婦になってゆとりが出たせいか、以前より少し垢抜けた印象になっている。

「ごめん……急に思いついたから」

　節が謝ると、そこで母親と二年前に結婚した男性——節にとっては義父に当たる人が、奥から出てきた。

「節くん、久しぶりだね。来てくれてうれしいよ。さ、上がって」

「あの……こんばんは、長内《おさない》さん。急に来たりして、すみません」

「ご飯食べたかい？　真奈美《まなみ》さん、何か用意してやったら？」

「ええ、今温めるから」

思わぬ歓迎を受け、節は恐縮しながら上がり込む。母親と職場で知り合い、二年前に再婚した長内は五十代前半で、痩せて柔和な雰囲気の男だった。おおらかな性格でいつもニコニコと笑っており、再婚が決まったときから仲良くしたいと言われていたものの、その頃既に節は一人暮らしをしていたため、会う機会自体が少なかった。会っても新婚の二人の邪魔をしてしまいそうで落ち着かず、これまで節は彼に対して、どちらかというと苦手意識を持っていた。

しかし突然訪れた節を長内は歓迎し、「宿が決まってないなら、連休の間ずっとうちに泊まったらどうかな」と提案してきた。引っ越ししてしまったため、住まいはもう市内にはなく、勢いで飛び出してきたものの行く当てのなかった節にとって、その誘いは非常にありがたいものだった。

(甘えちゃってもいいのかな……)

「お盆も帰ってこなかったんだから、そうしなさいよ。どこかに泊まるなんて水臭いこと言わないで、ねっ？」

母親も笑顔でそう勧めてきて、節は結局お世話になることに決めた。

——それから数日、節は久しぶりの都会を満喫した。友人たちと集まって騒いだり、街中で服を山のように買い漁ったり、長内に誘われて釣り堀にも一緒に出掛けた。

バツイチで、前妻との間に娘が一人いるという長内は、「息子」とこうして趣味の釣りをするのが長年の夢だったらしい。一緒に出掛けることで格段に打ち解け、家では母親の手料理に舌鼓を打ち、洗濯までしてもらうという至れり尽くせりな待遇を受けて、節は思いがけず充実した休暇を過ごした。

やがて連休の最終日、夕方近くになって帰るという節に、長内は笑って言った。

「また来なさい。自分の実家だと思って、いつでも寄ってくれて構わないからね」

「……ありがとうございます。お世話になりました」

「気をつけて帰るのよ。これ、おかず。いろいろ入れたから、持って帰って食べてね」

「うん、……ありがと」

家の外まで見送ってくれた二人に小さくクラクションを鳴らし、節は車を発車させる。

――走り出すと、途端にそれまでの楽しい気持ちが萎み、心が重くなった。この数日、節の気持ちは浮き沈みが激しかった。誰かと一緒にいて話したり、笑い合っているときは楽しくても、一人になるとひどく落ち込む。

考えていたのは、津守のことばかりだった。戻ったら、津守の妻と娘はまだいるのだろうか――そう思うと、帰るのがひどく苦痛に感じた。津守にも、彼の妻だという由布子にも、どんな顔をして会っていいかわからない。おそらく由布子は何らかの事情があって家を離れていたものの、あの日娘を連れて帰ってきたということなのだろう。「津守の家内です」と、彼女ははっきり言った。……「あの人」、と親しげに津守を呼んだ。

(どっちしろ、俺は——今までみたいに津守さんとは、つきあえない)

それはもう、動かしようのない決定事項だと節は考えていた。彼には妻と子どもがいる。そんな相手とつきあうのは、社会通念上からいっても通る話ではなかった。

時間を稼ぐように安全運転し、数時間後、見慣れた平屋の家に帰り着く。定位置に車を停めた節は、母屋のほうを見て「あれ？」と不審に思った。

(家の電気が、点いてない……？)

よく見ると津守の車もなく、彼が出掛けているのだと知った節は、拍子抜けした。津守が家を空けるのは、珍しい。日中は買い物などでちょこちょこ出たりはしているようだが、夜に出掛けることは、これまでほとんどなかった。顔を合わせなくてよかったと安堵する一方、結局いずれ話をしなければならないのだと思うと、節は暗澹とした気持ちになる。

連休が終わり、翌日から節は仕事だったが、朝になっても津守の車は家の前になかった。彼は帰ってこなかったのだと思うと、何だか落ち着かない気持ちになる。その夜も、次の日節が仕事から帰っても津守は戻っておらず、次第に心配になってきた。

（どうしたんだろう……何かあったのか？　それとも——）

——それとももう、二度と帰ってこないのだろうか。ふとそんな考えが頭に浮かんで、節はヒヤリとする。

別れようと思っていた相手だった。そもそも厳密な意味ではつきあってはおらず、津守にとっての自分は、ただの欲求不満の解消の相手なのだとわかっている。だが節にとっては初めての相手で、好きだという気持ちを自覚した相手だ。たとえ津守が自分に対して恋愛感情を抱いていなくても、このままの距離感でずっとつきあっていけたらと思っていた。しかし彼に妻子がいると知り、もうこんなつきあいはやめるべきなのだと決意して、ここに帰ってきた。

（でも……）

こうして実際に何日も会わずにいると、いかに自分が津守に惹かれていたのかがわかり、節は苦しくなる。諦めなければと思うのに、思い切れない。この家に住んでいる以上、母屋の津守とは今後も顔を合わせるはずだ。ひょっとしたら彼の妻の由布子とも近所づきあいをしなければならないかもしれず、早くこんな未練がましい気持ちは断ち切らなければと思うのに、心はじくじくと痛みをおぼえた。

（どうしたらいいんだよ……）

スーツから着替える気力もなく、節はやるせない気持ちで、まだ青い匂いの残る畳に転がる。津守と顔を合わせたくないなら、自分でどこか他にアパートでも探すべきだろうか。ここに住み続けて毎日津守の顔を見ていたら、なかなか諦めることなどできないだろう。かつて彼と抱き合っていたことを押し隠し、由布子とつきあっていけるほど、節の面の皮は厚くはなかった。

転がったままぼんやりと壁を見つめていると、ふいに外でエンジン音が聞こえた。私道を入ってきた音はすぐに止まり、車のドアを閉めるバンという音が聞こえる。節は弾かれたように起き上がり、戸口を見つめた。

（帰ってきた……）

――顔を見たいような気がしたし、会うのが怖いような気もした。ひょっとしたら津守は一人ではなく、由布子と娘も一緒かもしれない。そう思うと動けず、節はぐっと唇を噛む。

しかし次の瞬間、玄関のチャイムが鳴って、跳び上がるほど驚いた。おそらく鳴らしているのは、津守だ。出ようか出るまいか悩み、玄関口まで行ったまま節が立ち尽くしていると、ドアの向こうから声が聞こえた。

「いるんだろ、節。——開けろ」

低い声に、節の心拍数が上がる。迷いばかりが心に渦巻き、すぐに返事をすることができなかった。電気が点いているのと車で、自分の在宅はバレてしまっている。今話すのを拒んだところで、それでは問題を先延ばしにするだけだ。ならば自分がとる行動はひとつだと考え、深呼吸して心の準備をした節は、ようやく玄関の鍵を開けた。

途端にしんと冷えた外の空気が、玄関に吹き込んでくる。暗がりの中、不機嫌そうな顔の津守が、そこに立っていた。

「いるんならさっさと開けろよ、馬鹿。……入るぞ」

＊＊＊

よそ行き姿の津守を見るのは、二度目だ。きちんとした服装をしたらこんなにもかっこいい男なのだなと、節はぼんやりと考える。それとも惚れた欲目があるから、そう見えるだけなのだろうか。

テーブルの脇に胡坐をかいた津守は、うんざりしたように大きなため息をついて言った。

「さすがに三時間も運転したら、疲れるな。遠出なんてするもんじゃない」

「……どこ行ってたの？　津守さん」

節の問いかけに、津守は政令指定都市の名前を挙げた。

「友達の展示会に、呼ばれて行ってたんだ。街中のギャラリーでやるグループ展で、久しぶりに顔合わせて飲んできた」

友人の展示会に顔を出した津守は、一緒に飲んで市内で一泊し、その後自分の実家まで行っていたという。

「……津守さん、友達なんていたの」

「失礼だな、お前。友達くらいいるっつーの。滅多に会わないだけで」

友人は同じ芸大出身で、同郷ということもあり、卒業後もつきあいが続いているらしい。

「ふうん。……同じ沈金の人？」

「いや、そいつは染色。友禅とか作ってる」

それきり部屋の中に、沈黙が満ちる。しばらくして節は、彼の顔を見ずに問いかけた。

「……津守さんの実家ってどこ？」

津守は節の地元と有名な観光地の間にある、小さな海辺の町の名を挙げた。意外にも実家は近くだったことに、節はひそかに驚く。

「何で地元じゃなくて、ここに住んでんの？」

「今住んでる家は、元々俺の祖父さんの家だったんだよ。農家やってたんだけど四年前に死んで、誰も住む人間がいないっていうから、俺が貰った」

親戚は皆よその土地に移り住み、それぞれもう持ち家があって、祖父の家は取り壊すという話が進んでいたらしい。ただ、土地の価格は二束三文のため、誰もが積極的に動かない中、孫の津守が住むということで落ち着いたのだという。

「ちなみにお前が住んでるここも、一応俺のものってことになってる」

「そうなの？　じゃあ畳代、折半してくれてもよかったじゃん」

「何で折半しなきゃならないんだよ、お前が悪いのに。金がないなら貸してやろうかと思ったけど、大丈夫だって言ってただろーが。――なあ、そんなことよりお前、俺に何か言いたいことはないのか」

「……っ……」

突然切り込むように問いかけられ、節は息をのむ。

(……そんな言い方……卑怯だ)

「お前が聞きたいなら話してやる」と言わんばかりの津守は、いつもどおり淡々とした無表情で、悪びれた様子は全くない。そんな様子を見ていると、節は次第に腹が立ってきた。傲岸不遜を絵に描いたようなこの男は、妻や自分に対して、何の良心の呵責もないのだろうか。気づけば節は、棘のある声で言っていた。

「津守さん、奥さんいたんだね。何で一人であそこに住んでるの？　娘さんまでいたなんて、俺……全然知らなかった」

「――お前がいきなりいなくなったのは、あいつに会ったからか」

津守の言葉にカッと頭に血が上り、節は思わず彼を睨んで言っていた。

「そんなの当たり前じゃん、会わせる顔なんてないんだから！　何で結婚してるって言ってくんなかったの？　知らなかったとはいえ、傍から見たら俺のやってること、不倫と一緒だよ。奥さんからしてみたら、旦那の浮気相手が男なんて、悪夢もいいとこだろ……！」

「不倫じゃない。あいつは俺のやることに、とやかく言う資格はないから」

「何言ってんだよ、あんたどんだけ亭主関白なんだよ！」

あまりの言い草に、節の中に猛烈な怒りが湧いた。傍若無人にもほどがある。こんな男だとは思わなかったと考えていると、津守の放った言葉は意外なものだった。

「――仮面夫婦だからだ。あの子どもも、俺の子じゃない」

＊＊＊

予想外の言葉に、節は絶句する。室内は束の間静まり返り、しばらくして津守は口を開いた。

「あいつ——由布子は元々、芸大時代の同級生だ。在学中、対外的には俺の『彼女』ということになっていた」

しかしそれは強引に押し切られた形で、津守にその気はなかったという。

「俺は女に興味がなくて、だからあいつに押せ押せで来られて、正直うんざりしていた。でも一方で、自分が女に興味がないってことを、他人に知られたくないって気持ちもあった。だから何となく周りが、『あいつらつきあってるんだな』って目で見てくるのは……俺にとって、都合がよかったんだ」

実際には身体の関係はなく、津守は由布子に対して期待させるようなことは何も言わなかったらしい。だがあるとき飲み会でひどく酔ってしまい、気がつけば由布子とホテルにいた。

「俺もあいつも裸で、ヤったって言われたけど、正直半信半疑だった。でも俺には記憶がなかったし、あいつの言うことが嘘だとは、百パーセント言い切れない状況だった」

由布子は彼女気取りで、ますますまとわりついてくるようになった。しかも二ヵ月後、津守は彼女から「妊娠した」と告げられた。

「あなたの子だから、責任取って結婚してくれって言われて……学生結婚した。結果的に、俺は嵌められたんだ。籍を入れてすぐ、あいつは『流産した』って言ったけど、そもそも妊娠自体していなかった。……全部俺を手に入れるための嘘だったんだって、数年後に白状した」

結婚後、由布子は「何でわたしを抱いてくれないの」と津守に詰め寄った。「そもそも好きじゃない」と伝えたものの、彼女は納得しなかった。「もう結婚したんだから、あなたはわたしを妻として愛するべきだ」というのが由布子の主張だったが、津守には彼女の考えが全く理解できなかったという。

「そうして次第に険悪な状況になって、俺はついに、あいつに言った。――俺は女に興味がない。元々そういう性指向で、性的な対象として見るのは男だから、お前のことは愛せないんだと」

津守の言葉を聞いた由布子は呆然とし、それから笑い出した。――何となくそうかもしれないと思っていた。でも信じたくなくて、とにかく結婚さえしてしまえば愛してくれるようになると、そう考えていたのだと。

それからの由布子は情緒不安定になり、ヒステリックに暴れて家の中の物を壊したり、そうかと思うとベッドで執拗に迫ってきたり、妙に優しくなったりと、とにかくあの手この手で津守の気を引こうと躍起になった。津守は離婚してほしいと再三告げたが、彼女は「それだけは嫌だ」と言って応じず、互いに傷つけ合いながら数年が過ぎた。

——しかし結婚して四年後、突然由布子は妊娠した。明らかに津守の子ではなかったのに、彼女は喜び、「これでパパとママとして、本当の家族になれるわね」と言って、微笑んだという。

「……そ、んな、それって」

「——相手が誰なのかは知らない。だがあいつは俺の子として産むと言い張り、事実産んだ。……子どもは今も、俺の籍に入ってる。夫婦の間にできた子として」

あまりに壮絶な話に、節は呆然とした。チラッと見ただけだが、由布子は美しく、きちんとした雰囲気で、そんな行動をするタイプにはとても見えなかった。

津守は話を続けた。

「『子どもが産まれたら家族らしくなる』っていうのがあいつの持論だったけど、俺にとっては逆だった。赤ん坊の泣き声でどんどん追い詰められ、精神的にかなりやばくなって、仕事も手につかなくなった。——それであいつに言った。頼むから出て行ってくれ、籍は抜かないし生活費も極力援助する、だから俺の目の届かないところに行ってほしいと」

由布子は抵抗したが、津守は「だったら裁判を起こして離婚する」と告げた。

互いの両親にすべてを話す、子どものDNA鑑定をすれば自分の子じゃないという証明ができるし、由布子の不貞の証拠にもなる。必要なら自分が同性愛者だと公表してもいい、それほどまでにお前から離れたい——そう言うと、由布子は乳飲み子の娘を連れ、渋々隣町に引っ越していった。

「それから由布子は、生命保険会社で働きながら子どもを育ててた。俺が月々渡す金を振り込みにしたいと言っても、直接取りに来て娘に『パパ』と呼ばせることが、あいつの執着みたいだった」

——気まぐれなその訪問日に、今回節はたまたま居合わせてしまった。津守は、これまで自分が由布子と娘のことを話さなかったのは、自分の中であくまで二人は「妻子」ではなく、むしろ現在進行形のトラウマのようなものだったためだと説明した。

(……そんな事情が……あったなんて)

節は由布子が自分を見て、「津守の家内です」と言ったときの顔を思い出し、ひょっとしたら彼女は津守と自分の関係を悟ったのかもしれないと考える。これまで長年、津守に執着してきたという彼女だ。自分のことは何か聞かれなかったのかと節が聞くと、津守は目を伏せて答えた。

「……お前が車でいなくなってすぐ、あいつに『あの子と仲良いの？』って聞かれた。続けて『ひょっとして、つきあってるんじゃない？』って聞かれたときは、肝が冷えたな。あいつには、直感的にわかったそうだ。気難しい俺と、親しくつきあっているように見えたから——俺はそれを、認めた」

「……へっ？」

「お前のことが特別だって、由布子に言った。その上で、頭を下げた。……もういい加減、きっちり別れよう。これまではその場しのぎのように問題を先送りにし、なし崩しにお前たち親子の面倒を見てきたが、きっぱり終わりにしたいと」

（えっ……えっ？　……今、何て……）

さらりと言われた「特別」という言葉に混乱する節をよそに、津守は言った。

——彼は由布子に、「そもそも自分が最初から、愛せない理由を告げなかったことが悪かった」と詫びたという。大学時代は対外的にそうした事実を知られたくなかったため、由布子を利用していた部分が確かにあった。そのために彼女が期待をしてしまい、ここまで自分に執着して人生を無駄にしてしまったのなら申し訳ないと言って、頭を下げたらしい。

「正直、こんなこと言ったら刺されるかもしれないって考えてた。これまでの由布子の態度を考えると、それくらいしても全然おかしくはなかったからな。でも、あいつは……ひとしきり泣いたあと、言った。『わかりました』って」
――津守と離れて暮らすようになって三年、意地のように「妻」の座にしがみつき、娘にも彼をパパと呼ばせようと躍起になっていた由布子だったが、彼女は次第にこのままでは駄目だと感じるようになっていたらしい。しかも先月この家を訪れたとき、由布子は以前に比べて明らかに片づいた家を見て、何となく津守につきあっている相手がいるのに気づいていたという。

（あ、あのグラス……）

――津守の家の台所で、口紅のついたグラスを見つけたのを、節は思い出す。そういえばあのとき、津守の機嫌はひどく悪かった。

「それから由布子は、自分はどうするべきなのかをずっと考えていたらしい。今の状態を続けるのは、誰にとってもいいことはない。……ならどうしたらいいのかって」

娘を授かった経緯は、決して他人にも、娘本人にも言えないものだ。ある意味、津守を繋ぎ留めるためのかすがいとして産んだ子だったが、三年間一人で育ててきて、由布子の中には次第に子どもへの愛情や責任感が湧いた。

娘のためにも、こんな歪《いびつ》な家族関係は早く解消したほうがいい。そう考えていたのに、なかなか津守への執着を断ち切れず、いつまでも踏ん切りがつかなかったのだという。

「由布子は家の前でお前に会ったとき、『諦めようと思っていたのに、つい嫉妬の気持ちがこみ上げて、思わず妻のように振る舞ってしまった』と言っていた。……でももう、すっぱりけじめをつけて前に進みたいと……長く俺を苦しませてすまなかったと、謝ってきた」

話し合いの翌日、役場から離婚届けを取ってきた津守は再度由布子に会い、互いに名前を記入した届けを提出して、ようやく離婚が成立した。八年もの歳月を経て、精神的にも経済的にも、やっと自由になったのだと彼は語った。

「わかったか。……だからお前と俺の関係は『不倫』じゃない。今後あいつがお前に不貞行為の損害賠償を請求したり、何かをばらしたりすることもないから、安心しろ」

「…………」

（そこまで複雑な話だなんて……思わなかった）

彼の話を聞くかぎり、結婚は意に染まぬもので、由布子と身体の関係は一度もなかったらしい。友人の展示会に顔を出したあと、津守は実家に行って両親に離婚を報告してきたという。

喋り疲れたように津守が息をつくのを見て、節はお茶でも出そうかと考えた。しかし立ち上がりかけたところで、津守が再び口を開いた。

「お前が車で出て行って、次の日も、そのまた次の日も帰ってこなくて——俺も考えた。このままお前とフェードアウトできるのか、それでいいのかって」

「えっ」

ふいにそんなことを言われ、津守の言い方があまりにも意外で、節はドキリとする。……彼の言い方はまるで、今まで自分が「特別」だったように聞こえる。ついさっきもそんなことを言っていたが、その真意は一体何なのだろうと思い、節は落ち着かない気持ちになった。津守は淡々と言った。

「俺は……自分がかなり気難しい人間だと自覚してる。由布子のこともあって、他人が自分のテリトリーに踏み込んでくるのに強い拒否感を持ってるし、誰もそばに寄せつけたくない。特に恋愛感情には、猛烈な嫌悪感があった。あんな、ともすれば狂気と紙一重になる感情とは……一生無縁で生きていきたいと思ってた」

言われてみれば、確かに津守の印象はそんな感じだったと節は思う。刺々《とげとげ》しく、他者を突き放すような雰囲気は、長年の由布子との確執によって生まれたものらしい。「でも」と津守は言葉を続けた。

「お前の気配は、不思議と気にならなかった。最初は多少ウザく感じたし、仕事中にチラチラ見られるのもイラッとしたけど、そのうち別にいいかと思えるようになって……お前があんまり素直に、俺の仕事を『すげー』って目で見るから、そのせいかもしれない」

「……えっ」

節の顔が、じわりと赤らんだ。確かに津守の仕事は尊敬しているが、そんなにも顔に出ていたのだろうか。そう問いかけると、津守は鼻で笑い、「ダダ漏れだ」と答えた。

「メシを作って、家をさりげなく片づけて、思っていることが全部顔に出るお前がそばにいるのが――いつしか『悪くない』と思うようになっていた。誰かに近くにいられるのが好きじゃなかったのに、お前が家の中で何かしてる気配が当たり前になって……何日か姿が見えなくなったときは心配したし、さっき帰ってきてこの家に電気が点いてるのを見たときは、正直ホッとした」

「……っ……」

「――だからお前は、俺にとって『特別』だ。他の誰にもこんなふうには思わない。……これからも特別何かが変わるわけじゃないけど、今までみたいな日常が続くなら……それはそれでいいって思ってる」

気持ちが溢れそうになり、節はうつむく。――津守が自分と一緒にいることを、「悪くない」と思ってくれていたのが、うれしい。こんなに気難しい男が自分を受け入れてくれたという事実に、泣きたいくらいの安堵がこみ上げる。

（……俺だけが好きなんじゃ、なかったんだ）

気持ちが一方通行ではなかった。――それはこんなにも幸せなことなのだと、初めて知った。

「……っ、あの、津守さん……」

「――さて、帰るかな」

感極まった節が言いかけたのに被せて、津守は大きな欠伸をする。

「……は？」

「長く運転してきて、マジで疲れた。家帰って寝るわ」

じゃあな、と立ち上がりかけた津守の腕を節は慌ててつかみ、引っ張った。

「ちょっ……この流れで帰るとか、本気で言ってんの？」

「何だよ、話はもう済んだだろ」

「済んでない！」

思わず大声を出し、節は信じられない気持ちで言った。

「一体何なんだよ。好き勝手に一方的に喋って、家帰って寝るとか……俺の気持ちとか意見とか、聞く気はないのかよ。今一番いいところだろ！」

「お前の気持ち？　……ああ」

津守は面倒臭そうに言った。

「……どうせ内容はわかってるから、別にいいよ」

「何だよ、わかってるって！」

「――だってお前、俺のこと好きだろ」

まるで当たり前であるかの口調であっさり言われ、節は絶句する。確かにそうだが、断言口調で言われる意味がわからない。驚きが過ぎ去ると、理不尽なことを言われたのに似た怒りがじわじわとこみ上げてきた。

（……ほんと、一体何なんだ、この人）

傲慢にもほどがある。才能があって、ちょっといい男だと思って、思い上がってるのではないか。そう考え、節は反発心を滾《たぎ》らせつつ、唸るように答えた。

「……そんなことない。俺は、ただ……っ」

「ばーか。お前が自分で言ったんだよ。俺のことが好きだって」

「はあ？　いつ？　……いつ!?」

ぐるぐると混乱し、節はようやく祭りの夜を思い出す。いきなり口移しで日本酒をしこたま飲まされ、その後は記憶があやふやになっていたが、ひょっとして自分はあのとき、津守に何かを言ったのだろうか。

「そ……それって、あの」

しどろもどろに確認しようとした途端、津守は笑って言った。

「まあお前がどうしてもって言うなら、リクエストに応えてやらないでもない。……一週間ぶりだしな」

「な、何が」

「――ヤりてーんだろ。ほら、畳で痛い思いしたくないんなら、とっとと布団敷け。……お前が満足するまで、つきあってやるよ」

＊＊＊

そうは言われたものの、自分から進んで布団を敷けるわけがない。躊躇っているうち、津守は押し入れからさっさと敷布団を出して適当に畳に広げると、「さて、ヤるか」と言って節を見た。

「早く来い。じゃなかったら俺は、帰って寝るぞ」

「………」

このムードのなさは一体何なんだと、節はげんなりする。記憶違いでなければ、自分たちは今しがた気持ちが通い合ったばかりのはずだ。それなのに甘さの欠片もないとは、軽く扱われているようで次第にムカムカしてきた。

（くそっ……）

意を決した節は電気を消すと、自分からスーツの上着を脱ぎ、ネクタイを抜いてシャツのボタンをはずした。

「へえ、やる気満々だな」

「……っ、うるさい」

津守の肩を押し、敷布団の上に押し倒す。身体の上に乗り上げ、節は津守の服の下に手を入れて、その素肌を撫でた。硬く締まった腹筋はしなやかで、あらわにした上半身は、いつ見てもドキリとするほど色気がある。

胸や腹に口づけ、チノパンのウエストに手をかけた。前をくつろげて触れた途端、津守が思い出したように言った。

「……ああ、そういや俺を、ヒーヒー言わせるんだっけ」

「……っ……そうだよっ」

いつかの言葉を揶揄され、頬を赤らめながら、節は軽く兆した程度だった津守のものを舐める。鈴口をくすぐり、くびれを舐めて、歯を立てないように精一杯深くのみ込んだ。

口の中で次第に硬くなる感触に、今日こそは達かせてやると考えていると、津守が頭に触れ、笑う気配がする。

「相変わらず下っ手くそだな、お前」

「……っ……」

節の中に、悔しさと反発心がない交ぜになった感情がこみ上げた。しかし抗議しようとして顔を上げた途端、津守の眼差しに合い、ぐっと言葉に詰まる。――愛想のない男だが、髪に触れる手も、声も、いつもよりどこか優しい。それでも彼が自分を「特別」だと思っているのがまだ信じられず、節はもどかしくなる。

（こんなんじゃ足りない。もっと触れたい――触りたい）

むしろ津守に、触れられたい。そう思っていると、節の腕を引き、津守が言った。

「もういいから来い。――ほら」

身体の上に引っ張り上げられ、津守は節の後頭部をつかんで引き寄せ、口づけてくる。

「……んっ」

押し入ってきた舌に搦め捕られ、ぬめるその感触に、じわりと節の体温が上がった。小さく漏らした吐息すら封じ込めるようにキスを深くされて、自分からも吸い返す。ぬるい体温と蒸れた吐息を混ぜ合う行為は、じりじりと性感を高めた。

「はぁっ……」

唇を離す頃にはすっかり息は上がっていて、下半身も反応してしまい、節は自分の余裕のなさが悔しくなる。

（……でも……）

まるで何かに駆り立てられるように、津守が欲しいという気持ちを抑えられない。そう思いながら見つめると、津守は体勢を入れ替え、節の身体を布団に押し倒してきた。キスをしながら彼は節のスーツのベルトを緩め、中に手を入れて既に兆したものを握ってくる。

「ぁ……っ」

大きな手に握られ、動かされると、じんとした愉悦がこみ上げた。一週間ぶりに触れられたそこは、すぐに達してしまいそうなほどの快感を訴え、しかし一方的な行為が嫌な節は、必死に津守の二の腕をつかむ。

「ぁ……待って、津守さ……っ、あっ」

「とっとと出せよ」

「……っ、でも……っ」

「ローションがないんだから、お前のを使うしかねーだろ。ほら」

「あ……っ！」

呆気なく追い込まれ、節は津守の手の中に白濁を吐き出す。整わない息のまま、節が上気した顔で見つめると、津守は片方の手で器用にズボンを脱がし、後ろを探ってきた。

「……んっ」

体液をまとった指をぬるりと体内に入れられ、節は息を詰める。自分を見下ろす津守の視線に、なぜかいつもより恥ずかしさを感じた。二本目の指が入り込み、感じる部分を探られて、思わず小さく声が漏れる。

「うっ、……ぁっ……」

「——ナマですんの、初めてだよな」

突然そんなことを言われ、節はじわりと顔を赤らめた。

「……えっ」

「ゴムもねーからな。取りに行くのも面倒だし」

まあいいか、と言いながら津守が後ろに屹立をあてがってきて、そのままゆっくりと内部に押し入ってくる。

「うう……っ」

ローションとは違うぬめりで慣らされたそこは、徐々に津守の屹立をのみ込んだ。できるだけ力を抜いて受け入れつつ、薄い膜越しではなく、直接彼の熱さを感じた節の心が、じんと痺れた。

（あ、どうしよ……こんな……っ）

――こんなことくらいで、うれしい。津守の体温も硬さも、自分の中で直接感じていると思うと、ぞくぞくするほどの喜びがこみ上げていた。

「は……っ、津守、さん……」

「……きついか？」

「ううん、……気持ちい……」

すべてを収められ、ぐっと奥を突き上げられる。一旦腰を引き、先端で感じるところを刺激しながら再度深く埋められると、甘ったるい愉悦が背筋を走り、思わず中を強く締めつけていた。

「あっ、あっ」

緩やかだった律動を、少しずつ速められる。いつもよりぬめりが足りないせいか、余計に津守の感触を生々しく感じてしまい、声を我慢することができない。

「あ……っ」

屈み込んだ津守が、律動を緩めないまま胸の尖りを吸ってきた。舌で押し潰し、歯で挟んで引っ張られ、目が合った瞬間ドキリとして、節は思わずぎゅうっと体内の津守を引き絞ってしまう。津守は一瞬息を詰め、熱っぽい息を吐いた。

「締めんなよ、馬鹿。……うっかり達きそうになっただろーが」

「あっ、ぁっ……だって……っ」

――達くとしたら、中で出されるのだろうか。そう思うとますます体温が上がり、締めつける動きが止まらない。熱に浮かされたようになりながら、節は津守の首を引き寄せ、しがみつきながらささやいた。

「津守さん……俺……津守さんが好きだよ」

「…………」

「無愛想で目つきが悪くても、料理食って全然感想言ってくんなくても……家がすんげー汚くても……っ」

「おい、いいとこひとつもねーだろ」

「そうだよ。いいとこ全然なくても……、根っこが優しいから、……だから好きだよ」

津守は間近でじっと節を見つめ、やがて小さく笑った。

「へえ、……そうか」

「……っ……津守さん、は……？」

「何が」

「俺の好きなとこ、五個ぐらい言えよ」

節の言葉に、津守は噴き出した。

「さんざん人のこと貶しといて、自分のいいとこ挙げろってか」

「そ、……そうだよ」

こんな機会でなければ、津守は今後絶対に言わないに違いない。そう思い、節がドキドキしながら待っていると、津守は鼻で笑って答えた。

「――単純なところかな」

「えっ」

「犬みてーに、思ってることダダ漏れなところとか」

「なっ……、ぁっ！」

突然律動を再開され、節は津守の腕を強くつかんだ。

「ちょ……っ、津守さん、待っ……！」

揺さぶる動きのあまりの激しさに、それ以上何も言えなくなる。ただ自分の体内に出入りする津守の熱さを感じ、眩暈がするほどの快感に翻弄されて、切れ切れに声を上げることしかできない。そんな節に、津守がささやいた。

「いつもキャンキャンうるさくて、気分のまま尻尾ぶん回してる――そんな馬鹿犬みたいなお前を、可愛いと思わなくもない」

「なっ……ぁっ……！」

「だからかな。――お前に好かれても、嫌な気持ちにはならねーんだよ。不思議と」

「……っ……」

節の目が、じわりと潤んだ。――ついさっき、津守は「恋愛感情に対し、猛烈な嫌悪感があった」と語っていた。テリトリーに踏み込まれるのに強い拒否感を持ち、誰もそばに寄せつけたくない。そんな彼が、自分の気持ちだけは受け入れてくれる――そう思うと、節の中に泣きたいくらいの安堵がこみ上げた。

(何だよ……この人、実はめちゃくちゃ俺のこと好きなんじゃん……)

心に反応したように、中がきゅうっと津守を締めつける。汗ばんだ津守が息を吐き、耳元で低くささやいた。

「……中に出すぞ」

「えっ……ぁ……っ！」

果てを求める荒々しい動きに、翻弄される。熱くて、激しくて、その荒っぽさも本当は好きで、好きで――胸がいっぱいになり、節が達した次の瞬間、津守も深いところで熱を放つのを感じた。

「はぁっ……はぁっ……」

吐き出されたものが、じわりと自分の体内に沁み込んでいく。そんな錯覚に陥りながら、息を乱して津守を見つめると、彼は節の汗ばんだ額に唇を落とした。そのまま覆い被さられ、わずかに脱力した重い身体を受け止めた節は、強烈ないとおしさを感じる。

(俺は、津守さんが……好きだ)

汗ばんだ背中を撫で、そばにある耳元に頬をすり寄せた。顔を上げた津守と目が合い、吸い寄せられるように唇を寄せながら、節は満ち足りた思いで目を閉じた。

＊＊＊

——その後、津守が甘くなったかというと、全くもってそんなことはない。

相変わらず傍若無人で愛想のない男は、釣った魚には徹底的に餌をやらない主義らしく、傍から見たら誰も自分たちを恋人同士だとは思わないだろうと、節は鬱々と考える。

(まあ、恋人同士って思われても困るんだろうし……これが津守さんっていったら、そうなんだろうけどさ……)

暦はもう、十月の後半に差し掛かっていた。山の麓のせいか、この辺りは都会に比べて気温が低くなるのが早く、ここ数日は日中の気温が一二、三度と、めっきり冷え込むようになってきた。農家は軒並み収穫が終わり、彼らを顧客とする節の会社の業務は、冬の間、閑散期に入ると聞いている。だが節は、逆にこれからが腕の見せどころだと思っていた。

雪が降れば、除雪用としての建設機械を売るチャンスだ。これまでの営業所のやり方は、客が欲しがって相談してくるのを待ち、それから売るという消極的な販売方法だったらしい。しかし元々建機の営業マンだった節は、自分の知識を生かして積極的に客先に営業をかけようと考えていた。

（自分にできることを、どんどんやっていかないとな）

ここに来た最初は、畑違いの業務内容に戸惑いをおぼえていた。だが今は自分なりにやりがいを見いだし、会社に貢献できたらいいと考えている。そうして取り組み方を考えるようになったのは、おそらく津守の仕事ぶりを間近で見ているせいだ。

――彼は自分の作るものに一切の妥協をせず、クオリティを保ちながら日々コツコツと仕事に打ち込んでいる。そんな職人らしい津守の姿勢を見るにつけ、初めに入った会社を自己都合で逃げ出したという負い目を抱えていた節は、コンプレックスを刺激されていた。しかし最近は劣等感をやる気に転化し、新しい環境の中で自分の持てるものを最大限に使いつつ、仕事で会社から評価されたいと思うようになっている。

（やっぱ男は、仕事してナンボだし）

——何より津守に、「ぬるい奴だ」と思われたくない。そんなことをひそかに考えているが、きっと津守は知るよしもないだろう。

彼は来月の初旬、町の文化部の依頼で、沈金の実演講座を二日間の日程でやるらしい。毎年十数人もの希望者が集まる、この町で人気の講座だそうだ。額装用の輪島塗の小さなパネルを用意し、それに図案をトレスして柄を彫ったあと、金粉を擦り込んで仕上げるのを、希望者に実地で教えるという。図案はいくつか津守が用意するが、オリジナルで作りたい人のアドバイスもするらしく、彼にそんなきめ細かいことができるのかと節は疑問に思った。

「津守さん、その講座、俺も参加したいんだけど」

「あ？　何言ってんだ、お前」

迷惑そうな顔をする津守に、節はあっけらかんと言った。

「だって俺、津守さんがどんな顔をして人に教えるのか、すっげー興味があるもん。そんなに愛想ないのに、よく毎年開催できてるよな。あんまり仏頂面してると、爺ちゃん婆ちゃんたち、怖くて泣いちゃうんじゃない？」

「……お前は俺が、どれだけ社会不適合者だと思ってんだよ」

「えっ、違うの？」

「最低限の社交性くらいある。お前に対して発揮してないだけで」

「何だよそれ」

失礼な話だ、と節は思う。これだけせっせと食事の世話をして一緒にいるのに、ずいぶん雑な扱いだ。ちなみに津守いわく、「年寄りどもは姦《かしま》しくて図太いから、俺ごときが睨んだくらいじゃ泣きもしない」そうだ。

ふて腐れていると、津守は仕事をしながら言った。

「講座、お前が来ても無視するからな。絶対申し込みとかすんなよ」

「えー？　……うん」

津守がそう言うなら、本当に会場でガン無視されそうだ。がっかりしてうなずく節に、彼は作業の手を止めずに言った。

「知りたきゃここで、いくらでも教えてやる。わざわざ講座に申し込んで、当日の俺の手間を増やすな」

「――……」

節はまじまじと津守を見る。手間というなら、きっとここで仕事の手を休めて自分に教えるほうが、彼にとってはよほど手間なはずだ。そう考え、心の中で噴き出す。

（……素直じゃないよな）

こんなふうに遠回しに自分を「特別扱い」をする津守が、節はおかしくてたまらない。もう少し愛情表現をしてほしいと思わないでもないが、元々愛想がなさすぎるほどないのだから、仕方がないのだろう。

（……いくらでも、だってさ）

面映ゆく言葉を反芻《はんすう》する。何だかんだ言って、この男は自分に惚れているのだ。そうに違いない――と節がニヤついていると、津守は舌打ちして言った。

「何かムカつく顔してるな。やっぱ前言撤回する。お前、今すぐ自分ち帰れ」

「えー、ひっでえ。別に何にも考えてないってば」

「うるせえ。調子に乗んな」

――出会った頃はうだるような暑さだったのに、いつのまにか夏は過ぎ去り、今は秋が深まりつつあった。来月には雪が降り出して、この辺りの景色もすっかり変わることだろう。

一面の雪で覆われた広い畑は、きっと壮観に違いない。ひょっとしたら除雪に苦労するかもしれないが、津守と一緒にやるならそれもまた楽しいと、節は想像する。

（秋も冬も……春になったって）

ずっと変わらず、ここで津守と暮らしていく。

そう考えながら、じんわりとした幸せを噛み締め、節は煙草を咥えて一服し出した恋人の広い背中に、腕を回して顔を埋めた。

＊あとがき

こんにちは、もしくは初めまして、西條六花です。このたびはお手に取ってくださり、ありがとうございます。

今作は自分の萌えを詰め込んだＢＬ作品になりました。昔から「職人」という人々が好きで、その表現力や緻密さ、クォリティを保つ姿勢に非常に萌えを感じており、その結果今回の登場人物も職人となりました。

実は最初のプロットの段階では、職人×大学生でした。しかし担当さまから「社会人で」と言われ、プロットを練り直したら全然違う話になってしまったという…。学生と社会人では考え方も、置かれている状況も違うので、仕方ないですね。しかしその過程で、気づけば職人さんの仕事も「日光彫の職人」から「沈金職人」に変わっていました（わたしの好みの問題で）。

伝統工芸は奥が深く、調べれば調べるほど興味がそそられます。ストイックにその道を極める人を見ると、ぞくぞくします。またいつか、何かしらの職人を書けたらいいですね。

思い返してみると、作品を書く中で力を入れた部分は、実は職人描写ではなく津守の家の汚さでした。いい男なのに家事能力が低い人が好きです。仕事はできるのに実生活では手を抜いているという、緩さがいいのかもしれません。ちなみに作品中には出せませんでしたが、津守の下の名前は鴻史《こうし》といいます。どこかで入れようと思っていたのに、結局入れられないまま終わってしまいました。

今回、挿絵は依田沙江美さまにお願いいたしました。プロットが通った後、担当さまから「依田さんで」と聞かされたときは、もう天にも舞い上がるほどの気持ちで…！　思わず「大ファンです！」と即レスしてしまったほどです。ふんわりとした優しい絵柄、でもほのかに色気もあって、うっとりしてしまいます。今回、お仕事をご一緒できて本当にうれしいです。

挿絵が依田さまだと知った途端、俄然やる気が出て、一ヵ月もかからずに作品を書き上げてしまいました。その結果、当初より二ヵ月も刊行を早めていただき、依田さま、そして担当Iさまには感謝の言葉しかありません。本当にありがとうございます。

読んでくださった皆さま、北国の夏の雰囲気を感じ取っていただけたでしょうか。刊行は寒い季節ですが、少しでも蒸れた夏の空気を感じていただけたらうれしいです。

またどこかで、お会いできることを祈って。

西條六花

プリズム文庫をお買い上げいただきまして
ありがとうございました。
この本を読んでのご意見・ご感想を
お待ちしております!

【ファンレターのあて先】
〒153-0051 東京都目黒区上目黒1-18-6 NMビル
(株)オークラ出版 プリズム文庫編集部
『西條六花先生』『依田沙江美先生』係

プリズム文庫

無愛想な媚薬

2016年03月23日 初版発行

著　者　西條六花

発行人　長嶋うつぎ
発　行　株式会社オークラ出版
〒153-0051 東京都目黒区上目黒1-18-6 NMビル
営　業　TEL:03-3792-2411 FAX:03-3793-7048
編　集　TEL:03-3793-8012 FAX:03-5722-7626
郵便振替　00170-7-581612(加入者名:オークランド)
印　刷　図書印刷株式会社

Printed in Japan　ISBN978-4-7755-2522-7